CAPÍTULO CERO
"La paja al alcance de la mano"

El objeto del día consistía en encontrar una media mientras recordaba un instructivo cuento de Cortázar.

Su extravío sucedió en algún momento después de que salí del baño, luego de entrar a mi cuarto y cerrar la puerta por dentro y tirar la toalla sobre la cama, poco más tarde de cuando miré mi desnudez en el espejo del ropero y me puse el calzoncillo y una de las medias: en este instante descubrí que la otra estaba perdida.

Esto ya me había pasado antes, así que por experiencia sabía que la media perdida tenía tres posibles destinos. El primero, era un lugar húmedo debajo de la toalla que acababa de usar. El segundo, podía ser el sector aplastado de la cama sobre el que me había sentado. El tercero, era uno de mis pies al cual, había enmediado dos veces.

Algunos momentos de mi vida, creo que tres, me he puesto la media en el mismo pie, y siempre me ha resultado, cómo podría decirlo, vergonzoso. El orgullo no resiste algunos embates, aunque ocurran en la soledad más absoluta. Apoyé mis nalgas sobre el filo de la cama, flexioné la pierna y coloqué el talón del pie con la media, sobre la rodilla de la otra pierna. Hice llegar mi mano derecha hasta él y recorrí la superficie negra 70% algodón con la yema de mis dedos. Introduje mi índice entre el elástico de la media y mi piel, así descubrí que allí sólo había una.
Sentí un gran alivio.

Enseguida inspeccioné la cama, revisé debajo de la ropa que había separado antes de bañarme. Ahí no estaba. Por último, busqué debajo de la toalla y fue donde la encontré.

Ya que perder la media me había ocurrido muchas

1

veces, creo que tres, me arriesgué a desarrollar algunas ideas al respecto. Si creyera en el inconsciente, diría que perder una media es uno de los trucos que utiliza para que yo deje de experimentar una mínima incertidumbre, una pequeña aproximación al misterio, que es cuando puedo reconocer la crispación de mis nervios y el ritmo de mis latidos en aceleración creciente, a medida que mi ofuscación progresa debido a una búsqueda infructuosa.

Podría ser un típico acto inconsciente, me dije, ocasionado por mi deseo de no dejarme morir mientras me visto. Pensé en la cantidad de personas que están muertas durante esa repetición de actos que es vestirse, y sospeché que algo andaba mal en la rutina de levantar la pierna y meterla en el tubo correspondiente del pantalón, en cubrir los torsos con camisas, en estrangularse con corbatas. Todos los caminos, me pareció, conducían al mismo punto, existían demasiadas señales, y había desaparecido el riesgo de cualquier eventualidad: el final era siempre predecible e inexorable.

Y sin embargo, concluí, perder la media a menudo también podría convertirse en una de esas rutinas que sosiegan y que lo hacen sentir a uno en casa y tibio, aunque al salir y no entender nada de lo que se dice, de lo que se oye, de lo que se escribe, te devuelvan a la realidad.

Esto podría significar que todos estamos un poquito muertos cuando nos vestimos y también cuando perdemos las medias para engañarnos que vivimos un poco más. En este caso sostuve, sostengo, es probable que la existencia en muerte sea otra ineludible fatalidad, tan fatal como perder la media para emocionarse un poco.

Con esta última "meditación maldita" y luego de ponerme la media en el pie preciso, me recosté sobre la cama y decidí esperar pacientemente no se qué. El aire fresco que se filtró por la única ventana a medio abrir me hizo notar nuevamente mi desnudez.

Allí tendido, descubrí, en el techo de la habitación, una araña criminalmente dispuesta a descender por la noche para darme un abrazo inmisericorde y mortal.

También me acaricié el pene, deliciosamente, evocando polvos en lodos lejanos, argentinos. Esas ganas de recordarlos se agolparon de pronto en mi bajo vientre, donde se manifestó una erección con muchas aspiraciones, que me reivindicó no precisamente con ese desorden de sensaciones que solemos llamar vida, sino, más bien, con el deseo, cosa más simple y mucho menos pretenciosa.

El deseo y su resolución hizo que algunos minutos después cancelara mi improvisado lecho mortuorio.

Entonces realicé aquello que se conoce como el revés de morir, y que en este caso se concretó en una acción absurda, absurda como cualquier acto humano: miré por la ventana hacia las paredes de Berlin -ahora ya sin acento- y me dije que la noche era ya unánime. Y volví a recordar, como algunas veces, no menos de tres, algo que siempre ha estado ahí, como el título de una novela que alguna vez pensé y no será ésta, misteriosamente vergonzante: la paja al alcance de la mano.

CAPÍTULO 1
"Buscando laburo"

Tenía que levantarme, hacer algo, empezar por unos mates, reflexionar, poner la radio y hacer que escuchaba. Me senté frente a la computadora y comencé a mandar solicitudes de trabajo, "Bewerbungen", había aprendido un modelo que suponía exitoso:

Sehr geehrte Damen und Herren,

ich bin spanischer Muttersprachler,
habe juristisches Studium in Argentinien absolviert und war als Rechtsanwalt tätig.
Dann habe ich in Madrid 7 Jahre als Immobilienmakler gearbeitet und bin nun auf der Suche nach neuen Herausforderungen.

Die von Ihnen angebotene Arbeit sagt mir zu, ich bin kundenfreundlich, flexibel und belastbar.
Ich habe sehr gute MS-Office-Kenntnisse.

Ich freue mich auf ein persönliches Vorstellungsgespräch.

Mit freundlichem Gruß

Leopoldo Mazzini

Por las dudas, busqué en el traductor y decía -literalmente-:

"Estimados señoras y señores:

Soy un nativo de español,
han completado los estudios legales en Argentina y trabajó
como abogado.
        Luego trabajé en Madrid siete años como corredor de
bienes raíces y ahora estoy en busca de nuevos retos.

        El trabajo que usted ofrece me dice que soy amigable
con el cliente, flexible y resistente.
        Tengo muy buenas habilidades de MS Office.

        Espero con interés una entrevista personal.

        Atentamente,"

De repente empezaron a llegar mails, al fin alguien se apiadaba de mí y contestaba. Volví a prepararme unos mates, ya ni la yerba de ayer secándose al sol se dignaba a acompañarme. Me concentré en lo que podían querer decirme con esas palabrotas, palabrejas alemanas, y haciendo un encomio digno de otras virtudes comencé a leer la pantalla, diccionario en mano. Si mantenía la vista desenfocada, el efecto era casi hipnótico, como el de imaginar la sonrisa de un chofer berlinés de autobuses o como observar las nubes. Mi mente divagaba y el dolor iba cediendo poco a poco, aunque nunca cesaba del todo. Quedaba siempre un resabio que no era posible localizar de un modo físico, una especie de herida moral que, sin embargo, irradiaba oleadas de vacío por todo mi abdomen. Mi psiquiatra madrileño había sentenciado: "Angustia", como quien diagnostica una diarrea u alguna dolencia gástrica. Me habían recetado unas píldoras que nunca tomé. Me parecía ridículo que unas simples pastillas pudieran curar la angustia. Era como tratar de remediar la falta de esperanza con supositorios o la soledad con Salbutamol. Pero la gente lo prefería así. Cualquier cosa mejor que revolcarse en el lodo de los problemas. Al recetar fármacos para aliviar zozobras existenciales, los médicos no hacían sino satisfacer la demanda de una legión de deprimidos que exigían soluciones rápidas, "*ab sofort*".

Pero para la soledad siempre estaba internet. Todo sencillo y cómodo, sin tener que soportar la cercanía física de nadie, sin sorpresas desagradables. El contacto humano había quedado sustituido por pantallas y monitores y tabletas, la compasión había cedido paso a las redes wifi y la melancolía se medía en miligramos de antidepresivos.

Con semejante panorama, casi me sentía satisfecho con mi estado. Al menos, no había mediado el abandono o el infortunio. Yo era quien había buscado la soledad y no al contrario.   Estaba harto de Madrid y de mi idioma, no sería tan difícil hablar alemán y expresarse con cierta corrección. Scheisse! "A tomar por culo tío", qué desastre mamma mía. Así y todo, ahora mismo, estaba decidido a aprender alemán y a convivir con la soledad sin necesidad de ayudas artificiales. Los fármacos no hacían otra cosa que adormecer el ánimo, y para eso no hacía falta recurrir a la química. Me bastaba con pasar las horas muertas delante de la compu y entre "Solitarios", "Pac-Man" y "Corazones", hacer desfilar una página web tras otra, sin molestarme en mirar nada, sin propósito. Antes lo había intentado con la televisión, pero no había funcionado, porque siempre había alguna imagen o música que conseguía llamar mi atención y me despertaba del letargo. Las páginas web, en cambio, eran neutras y esencialmente idénticas. Como el parpadeo de una luz fluorescente, las pantallas se sucedían al ritmo frenético de los clics del maus incorporado en mi netbook Medion made in Aldi. Y llegaba un momento en que los colores y las imágenes se fundían y perdían significado. Entonces mi mirada se volvía vidriosa y empezaba a oír el rumor apagado de mi torrente sanguíneo, como si estuviera encerrado en un túnel con los oídos mojados. En este punto había cesado de pensar y el dolor se apagaba, aunque nunca por completo. Con todo, el sistema había probado de sobra su eficacia, y por eso dedicaba tanto tiempo a navegar sin rumbo por la red, en especial ahora que gozaba de la tranquila enfermedad de la angustia sin trabajo. Durante horas seguía enlaces al azar hasta que lograba sentirme como una rata lobotomizada dentro de un laberinto de madera. Hasta que lograba no sentirme.

Aquel día en que intentaba leer algo concreto en mi bandeja de entrada, sin embargo, algo que vi en la pantalla de una de las ventanas emergentes, llamó mi atención. Fue un repentino fogonazo de reconocimiento, una cara del pasado que, transcurridos varios clics, me despertó de mi inercia y me obligó a pulsar repetidas veces la tecla que me devolvía a la página anterior. Se trataba de la web de un partido político. Bajo el nombre y los símbolos de la agrupación, había unas líneas de bienvenida escritas a mano y, junto a ellas una fotografía: la imagen del dirigente de la ciudad del partido sonriendo tras su escritorio. Al margen del traje claro y unas discretas arrugas en torno a los ojos, aquel tipo había cambiado muy poco desde la última vez que lo viera, unos cuantos años atrás. Era el mismo JLP que había sido compañero mío en la Facultad de Derecho de la UBA. Por entonces, a JLP ya le gustaba destacar. Si la memoria no me fallaba, había empezado encabezando una candidatura en el centro de estudiantes de aquella magna casa de Figueroa Alcorta, en mi lejana Buenos

Aires. Lo recordaba como un sujeto charlatán y untuoso, un trepa en toda la extensión del término, garca más bien. No era raro que hubiera conseguido medrar en política. Lo cierto es que siempre me pareció un boludo. Con todo, al ver su foto hoy en la pantalla TFT de la Medion made in ALDI, experimenté una irrefrenable oleada de simpatía hacia él. Y al mismo tiempo empecé a notar dentro un cálido cosquilleo que tenía casi olvidado. Fue como regresar durante un instante a los años de universidad, a aquel tiempo en que soledad y tristeza eran conceptos que, de puro abstractos -como el futuro- me resultaban incomprensibles.

Me dije que iba a ser un simple juego, como el Solitario o el Pac-Man. Pero lo cierto es que poco después le estaba dedicando casi todo el tiempo que pasaba delante de la computadora, que eran prácticamente todas mis horas de vigilia. Lo primero que hice fue confeccionar una lista con todos los amigos de juventud que puede recordar. Como ésta me pareció breve, decidí añadirle también conocidos y profesores. Por último, la completé con un par de antiguas novias de las que no había sabido nada durante varios lustros. Desde los primeros intentos me resultó asombroso comprobar hasta donde había extendido la red sus hilos. No solo encontré referencias de casi todas las personas que busqué, sino también fotografías, currículos e incluso webs y blogs de carácter personal. Además de JLP, el político, otro par de antiguos condiscípulos habían alcanzado alguna notoriedad. A Carlos G. lo encontré dirigiendo el hotel alojamiento de su familia. Al principio me resultó difícil reconocerlo. Lo recordaba como un muchachote con cierto aire de medusa. Ahora, en cambio, su aspecto y su modo de hablar eran los de un refinado ejecutivo, lo que descubrí gracias a un video en el que el propio Carlos G. glosaba la calidad de las instalaciones del lúdico recinto de la

Panamericana. Rubén C., un santafesino melenudo, guitarrero y aficionado al chamamé, se había convertido en un calvo adiposo de mediana edad, y también en profesor adjunto de Derechos Reales en una universidad privada bonaerense. Julián S. aparecía involucrado en un escándalo de corrupción inmobiliaria en su Tigre natal. Había resuelto con cirugía su problema nasal y las fotos de prensa lo mostraban mucho más elegante de lo que lo recordaba. César M., otro antiguo compañero, figuraba como propietario de una especie de restaurante *new age* donde, además de instruir en el arte del comer, se ofrecían seminarios de yoga, de meditación trascendental y de zen. En la foto de la web promocional aparecía sentado a la barra del local en la posición del loto sobre un fondo de crisantemos, con la cabeza rapada y una especie de túnica de hare krishna (y pensar que por esa época no pocos le auguraban un futuro de escribano o de juez en lo civil y comercial de primera instancia). A Diego R., apodado Diegote, lo rastree hasta un blog repleto de fotografías familiares y poemas horribles. Tan solo hubo un antiguo compañero aficionado a las artes ocultas de quien fui incapaz de encontrar la menor referencia en la red. Tal vez hubiese materializado su obsesión de realizar un viaje astral y luego no había sabido encontrar el camino de vuelta. Quizá, sencillamente, se hubiera muerto.

Aunque la única muerte que pude certificar fue la de Beate L., cuyo nombre encontré entre los de las víctimas de un accidente múltiple ocurrido diez años atrás. Me hubiera gustado que fuese sólo una coincidencia de nombres, pero enseguida confirmé que se trataba de la misma Beate al encontrar más detalles en la web de un diario porteño. Apenas había pensado en ella durante todos estos años (en realidad, apenas había pensado en nadie), y ahora me sentía culpable, pues su muerte eliminaba cualquier posibilidad de reparación, si es que ésta pudiese tener lugar luego de tanto años de aquella borrachera. Y no es que me arrepintiera de haber interrumpido la relación de modo tan poco gentil y entre vómitos y gritos. Lo que me entristecía era pensar que antes, mucho antes de que ella muriera, yo ya la había enterrado en mi memoria. Una felicitación navideña, una carta, cualquier cosa habría bastado. Traté de consolarme pensando que Beate se había ido sin conocer mi defección y que, en caso de saberlo, tampoco le habría importado, pues dudaba que ella hubiera dedicado mucho tiempo a rememorar a aquel antiguo novio que un día se evaporó para siempre. Beate habría continuado con su vida, habría conocido a alguien y tenido algún hijo. Y si alguna vez había pensado en aquel muchacho que fui, pálido y callado, se habría encogido de hombros y sonreído un poco entre las arcadas de recuerdo vomitivo. Eso era lógico y admisible. Lo que resultaba inaceptable era que ahora estuviera muerta, igual que esa araña de patas largas que llevaba varios días inmóvil al pie de la persiana. Beate estaba muerta y no había nada en el mundo que yo pudiera hacer para arreglarlo.

Sería hipócrita decir que me deprimí al pensar en la muerte. Hipócrita pero inexacto. El desconsuelo era por entonces mi estado natural, y la depresión tan sólo una de sus manifestaciones clínicas. Y ni siquiera la peor. Tampoco sirve el lugar común de que la noticia me hundió más en el pozo de la desdicha, porque yo no me figuraba la desdicha como tal. Un pozo no es un lugar pensado para que lo habiten personas. Uno cae allá por accidente. Luego logra salir, muere o es rescatado. Pero nunca permanece largo tiempo en el fondo. Para mí, y sospecho que para muchos otros, la desdicha era un lugar de residencia, mi domicilio habitual. Era una casa que crecía y se ramificaba con el tiempo en nuevas habitaciones, patios y pasillos. Y la mía era tan prolongada que había llegado a convertirse en una auténtica mansión. Había techos altísimos, alcobas suntuosas y salas con lámparas del Siglo XVIII. Pero todo era vetusto, decadente y con aspecto de estar a punto de desmoronarse. Y nadie, salvo yo, recorría los corredores polvorientos. La noticia de que Beate -la única Beate que conocí en Argentina- hubiese muerto, añadió un ala completa a mi mansión. Tal vez las nuevas dependencias fueran algo más sombrías que las anteriores, pero nada a lo que no estuviera ya acostumbrado. De todos modos, este hallazgo, me decidió a abandonar la búsqueda de antiguos amigos en internet. En caso de seguir insistiendo, temía encontrarme con alguna otra necrológica, y si algo no necesitaba era un pequeño cementerio virtual de viejos amores y amistades. Para los que padecen melancolía crónica, como era mi caso, pasado y memoria constituyen la única tierra firme. Perderlos de vista sería enfrentarse al naufragio definitivo. Sería el final.

Pero no era esa la única ventaja del método. Había, además, algo esencialmente insatisfactorio en aquella búsqueda de rostros del pasado. La cuestión era que sentía la necesidad de dirigirme a ellos, de hacerles saber cómo me encontraba y qué había sido de mi vida. Por qué, cuándo y cómo Berlin, ya sin acento en la i. Tal vez incluso quería hablarles sobre esas cosas oscuras que se agitaban dentro de mi cabeza. Satisfacer aquel impulso era fácil. Bastaba con aprovechar las direcciones de correo electrónico que aparecían en algunas de las páginas. Era fácil y al mismo tiempo impensable. ¿Qué haría si alguien me respondía? Y ya no estaba hablando de las "Bewerbungen". ¿De qué modo afectaría aquella intromisión a mi soledad? Como suele ocurrirle a los deprimidos, la necesidad de comunicarme fluía solamente en un sentido. Es decir, sentía grandes deseos de hablar de mí mismo, pero me horrorizaba la

11

posibilidad de obtener respuesta. A fin de cuentas, ¿qué me importaba lo que los otros tuvieran que decirme? Bastante tenía con soportar mis propias desgracias para resultar salpicado también por las ajenas. No era eso lo que buscaba. La simple idea me resultaba repugnante. Y eso me llevó a responder a los correos no solicitados, a los llamados SPAM o basura.

Los recibía a docenas, como cualquier usuario de internet. Había anuncios de tarjetas de crédito y descabelladas propuestas financieras. Había otros que promocionaban páginas de contacto o de contenidos pornográficos. También abundaban los de los llamados "casinos on-line". Pero el grueso del *spam* se refería a la venta de fármacos por internet. A precios de saldo, podían adquirirse inhibidores selectivos de la recaptación de la serotonina o de la monoaminooxidasa, benzodiacepinas, citratos de sildenafil y de taladafil... Toda la gama, en suma, de los ansiolíticos, tranquilizantes, antidepresivos y remedios para la disfunción eréctil.

En mi computadora había instalado un programa que servía para filtrar los correos basura, además mi propio servidor de email me avisaba cuando los correos resultaban sospechosos o no habían pasado los filtros al respecto. El tamiz era eficaz y apenas dejaba que se colara un par de esos mensajes no deseados cada dos o tres días. De todos modos, mi correo "real" era tan exiguo que más de una vez me había entretenido leyéndolos, lo que de paso me era útil para introducirme en el alemán o regurgitar mi inglés. Pero lo que ahora me interesaba era que todos esos mensajes mostraban un nombre en el remitente, nombres a menudo anglosajones como Ted Richardson, Margaret Leiden o Nicholas Phelps. Mi experiencia en internet era larga y sabía que detrás de aquellos nombres no había personas reales. Los mensajes eran remitidos por programas ideados con ese único propósito, un proceso automático en el que apenas mediaba intervención humana, tan sólo un dedo que pulsaba una tecla, o ni tan siquiera eso. A fin de burlar algunos de los filtros de la red, a cada mensaje se le asignaba el nombre de un remitente y su dirección de correo electrónico, pero dichas personas no existían. Eran solamente nombres generados al azar, fantasmas inventados por máquinas. Eran los corresponsales perfectos para sus propósitos.

La primera carta se la envié a Jane Roberts, de quien había recibido un mensaje animándome a comprar cierto producto adelgazante. *Estimada Jane. Ha sido una gran alegría recibir tu carta y saber por ella que estás bien. El tratamiento del que me hablas parece muy efectivo, aunque de momento no creo que vaya a necesitarlo, pues mi problema lleva asociada la pérdida del apetito y apenas como lo indispensable para mantenerme en pie. Tal vez te interese saber que casi he logrado el propósito de no tener que salir nunca de casa. Me traen la comida del supermercado y compro lo que necesito por internet. A veces me gustaría dar una vuelta, pero enseguida me digo que no hay nada ahí fuera, o por lo menos nada para mí...* Y de ese modo seguía varios párrafos más. La carta me fue devuelta de inmediato por el equivalente electrónico de la Deutsche Post con el aviso de "destinatario inexistente", pero el acto de escribirla me había resultado tan reconfortante que decidí desactivar el filtro de *spam* para tener más corresponsales a mi disposición.

Ann Sullivan me hacía una irresistible proposición financiera que decidí obviar en mi respuesta. A cambio le escribí una carta de amor: *Queridísima Ann. Si tuviera una novia me gustaría que se llamara como tú. Y aún diré más. Me gustaría que tú fueras mi novia. Te imagino alta y esbelta, con media melena rubia y ojos pardos. Te imagino a mi lado al despertar, y casi me parece sentir el soplo cálido de tu aliento en mi cara. Te contemplo mientras apuras los últimos instantes de tu sueño. Luego compruebo que ya es hora de que nos levantemos, de modo que acerco los labios a tu cara y te beso suavemente en la punta de la nariz. Y entonces, amada Ann, tus ojos se abren y me veo reflejado en ellos, doble, diminuto y cóncavo. Y te veo sonreír. Y comprendo que no puede haber felicidad mayor que la de este momento que nos contiene únicamente a tí y a mí. Si no lo tomas como algo descabellado, me gustaría tutearte en "argentino" la próxima vez que te escriba, che...*

La carta dedicada a Ann fue una de las más largas y reconfortantes. Sin embargo, tan pronto como la tuve terminada me dije que ojalá no la hubiera escrito nunca. Su redacción había producido en mí un efecto medicinal. Durante el tiempo que empleé para escribirla me sentí acompañado, incluso amado. Pero enseguida comprobé que aquella medicina podía tener efectos secundarios adversos si no se la administraba con la debida cautela. Fue el momento en que completé la última línea de la carta y pulsé el botón de "enviar mensaje". Instantes después me era devuelta con el consabido aviso de "destinatario inexistente". Pero esta vez, el efecto fue muy distinto. Sentí como si acabaran de arrojarme desnudo dentro de una fría y lúgubre celda, y la angustia fue tan violenta que tuve que rodearme el vientre con los brazos para no vomitar. Aquello me enseñó que mi actividad no era tan inofensiva como había pensado, y que hasta mis destinatarios ficticios podían exigirme un precio emocional por mi imaginaria compañía, un precio que yo no estaba dispuesto a pagar. "Sólo cartas amistosas a partir de ahora". Y durante un tiempo lo cumplí a rajatabla.

A Karl Domínguez, empeñado en venderme un genérico

de viagra, le conté un falso viaje a París. A Robby Schalle, que me invitaba a visitar una página de videos porno, le respondí con un elogio de las telenovelas venezolanas. A Bill John Starck, quien me escribía desde un sex-shop virtual donde se traficaba con los más descabellados artefactos eróticos, le confié que, en mi adolescencia, había atravesado una época de fervor religioso en la que muy cerca estuve de hacerme seminarista.

Pero hubo una carta especial que fue también la última, la que le escribí a Susan Samstag, que se dirigía a mí para animarme a jugar en cierto casino virtual. El mensaje comenzaba de un modo frívolo, casi en broma. Pero algo debía de estar bullendo en mi interior, un impulso tan oscuro que ni siquiera había sido capaz de sospechar su existencia. *Querida Susan* -empezaba la carta-. *He recibido tu amable invitación y te agradezco el detalle del bono-regalo por valor de cien euros. Si te soy sincero, me he sentido tentado de aceptar. Debe ser muy emocionante apostar al rojo o al negro, o ir pidiendo cartas para acercarse a veintiuno sin pasarse. Pero me temo que iba a hacer un papel desastroso como jugador. Y si no, mírame Susan, y juzga por ti misma si se puede tener peor suerte que la mía. Soy un completo desastre. Estoy solo y me he convertido en un deprimido crónico. Últimamente, no se me ha ocurrido nada mejor que escribirles a personas que no existen. Como tú, querida Susan. Y espero que no te sientas ofendida por lo que acabas de leer. A fin de cuentas, creo que tú y yo somos muy parecidos...*

En ese momento mis dedos se detuvieron y se posaron sobre las teclas. Durante unos segundos observé el cursor parpadeando en la pantalla. Me abrumaba una sensación extraña, como si al escribir aquello hubiera rebasado un punto sin retorno. Me dije que incluso en la mansión de la soledad existían zonas que deberían estar siempre cerradas y en la sombra, sus puertas tapiadas con ladrillo, sus ventanas condenadas con gruesos tablones. Comprendí que acababa de aventurarme dentro de una de ellas y que ahora no me quedaba más remedio que seguir adelante. De modo que respiré hondo y reanudé la carta: ... *A fin de cuentas, Susan, creo que tú y yo somos muy parecidos. Quiero decir que tampoco yo existo.* Y la envié.

Al instante recibí un mail que no decía devuelto por "remitente desconocido" sino este que transcribo a continuación:

Ihre Bewerbung.
Guten Tag Herr Mazzini,

vielen Dank für Ihre Bewerbung als ... sowie Ihr Interesse an unserem Unternehmen.

Leider haben wir nach Durchsicht Ihrer Unterlagen nicht genügend Übereinstimmungen I   hres   Profils   mit   den Anforderungen an die Stelle in unserem Haus finden können. Es tut mir leid, Ihnen keine erfreulichere Nachricht übermitteln zu können.

Wir wünschen Ihnen trotzdem alles Gute für Ihre weitere berufliche Planung und viel Erfolg bei der Suche nach einer geeigneten Position.

Freundliche Grüße

Urgente abrí el traductor on-line y al copiar este correo se transformó en lo siguiente:

Su aplicación.
Buen día señor Mazzini,

16

Gracias por su solicitud de que ... y por su interés en nuestra empresa.

Desafortunadamente hemos después de revisar su aplicación no puede encontrar suficientes partidos su perfil con los requisitos del trabajo en nuestra casa. Lamento ser capaz de transmitir ningún mensaje más alentador.

Le deseamos todo lo mejor de todos modos para su futura planificación de la carrera y mucho éxito en la búsqueda de una posición adecuada.

Saludos

El clic-clac de las teclas continuó durante varios minutos, aunque las pulsaciones se fueron haciendo más espaciadas y débiles. Luego sobrevino el silencio y fue como si la casa hubiera quedado vacía.

CAPÍTULO 2
"Leidis"

No tenía más excusas y me largué a la calle. Si me consideraba deprimido y por ello renunciaba a la vida berlinesa que aún debía descubrir, era factible que no saliera más de casa. En esos días había conseguido lo que todo argentino que se precie de tal ha hecho alguna vez con patriótico rigor. Me habían insinuado la posibilidad de ganar un poco de dinero haciendo un asado para alemanes con pretensiones sudacas. Sudando frente a la parrilla y al esbozo de "¡Leidis, a lo chori chori!, ¿wea jat Junga?, se me acercó un hombre chapuceando el castellano. Era un tipo rechoncho y de pelo cano ensortijado, con una nariz ridícula, infantil, y un fruncido rostro de delincuente donde sorprendían unos lindos ojos grises. Me había visto hablar y sonreír y palmear a quienes se acercaban por un choripan .

-Llevas una hora calcinándote aquí – me dijo.

-¿Perdón?

-Y no tienes pinta de parrillero- agregó mirando muy serio el tránsito de automóviles que hacían sonar estrepitosamente sus bocinas apenas a treinta metros de la parrilla. Un casamiento muy festejado, seguro. Alguien se aproximó unos instantes a hablarle al oído y de inmediato se marchó-. No, no tienes esa pinta para nada. Te falta esa expresión fea en la boca, esa muesca de asco, casi vegetariana.

-¿Me está hablando a mí?

-Sí, a ti -repuso el tipo, concentrado en los autos que seguían festejando la boda, deteniéndose unos minutos y reanudando su camino-. ¿Qué te trae por acá?... ¿Curiosidad? No, no creo. Pero a lo mejor eres un espía, un idiota que trabaja para la competencia... O un *listillo* que quiere robarle la plata a los tarados que se emborrachan con este vino de mierda, ¿no? ¿Es eso? ¿Estás chequeando quién se deja el bolso abierto para seguirle la pista?

-No soy un chorro -murmuré-. Pero puedo ser la persona que te rompa la cara.

El tipo me miró por primera vez, sonriendo irónicamente.

-Te pones nervioso- dijo en un suspiro-. No es para tanto. Sólo quiero saber quién eres.

-¿Por qué no me dice quién es usted? -inquirí.

-¿Quién soy yo? No tengo inconveniente en decirlo... Yo soy, me parece... yo soy... una ventajosa solución. ¡Sí, eso es! Estás en la lona, ¿no es cierto?. Y me dijeron que en Argentina eras abogado.

El tipo sabía que había dado en la tecla. Claro que yo aún no estaba en la lona, aún debía cobrar la changa del asado. ¿Qué debía hacer? ¿Qué se hace ante un cretino que nos aborda? ¿Pegarle? ¿Mandarlo al diablo? Preferí darle a entender que estaba en lo cierto. La impertinencia del tipo resultaba prometedora, y la verdad es que no me decepcionó. Acto seguido me invitó una cerveza, y luego de apagar el fuego salimos a caminar y me invitó a su oficina y me contrató, me contrataron, y así empezó esta historia.

-¿Cómo te llamas?
-Leopoldo -dije formalmente-. Leopoldo Mazzini.
-No me dice nada tu nombre -comentó pensativo-. ¿Sabes? Eso es malo en otros sitios,pero por aquí es lo mejor que te puede pasar.
El tipo, o bien (para sus conocidos) el gordito G., era abogado, se dedicaba al derecho en su más vasta extensión. Aparecía muy temprano en las mañanas, sonriente y nervioso, con un

maletín lleno de billetes y flanqueado por dos sujetos corpulentos, seguramente armados, que lo custodiaban a horario completo. Sus negocios nadie los conocía in extremis, pero sólo se movía por este mundo si le pagaban.

Un buen día, tras una dura jornada, cayó en mi casa de sorpresa. Lo recibí intentando ser efusivo: abrí una bolsa de chizitos, bebimos unas cervezas. Hablamos largo rato sobre el trabajo, cosas sin importancia, empeñados los dos en disimular la verdadera razón de su visita. G. quería verificar si realmente vivía donde le había dicho y si en dicho domicilio pernoctaba regularmente su entrañable esposa y socia o alguna de sus empleadas más dilectas. La situación era un poco incómoda porque, de hecho, ambos estábamos al tanto de esta estúpida comedia.

Cuando estaba por irse, me abrazó como si fuésemos grandes amigos y permaneció unos instantes mirándome los ojos.

-Cambia de barrio – me dijo-. Éste es un mal sitio para vivir.

-¿Sí? ¿Qué tiene de malo?

-Todo. Pero lo peor es que estás muy lejos.

-Eso es cierto. Me toma casi una hora llegar al centro.

-Mira, yo sé de un departamento al alcance de tu sueldo de mierda, jajajaja. Y está más o menos amoblado. Con muebles antiguos sacados de mi oficina, que son los mejores.

-Yo, la verdad...

-Me lo vas a agradecer -interrumpió G.-. Lo veremos mañana.

Fue entonces cuando conocí el edificio de los años 70` cercano a Stuttgarter Platz. Era uno de los tantos armatostes que suplieron el vacío dejado por alguna bomba. Hacía esquina con la misma plaza, donde pululan todo tipo de supervivientes junto a elegantes señoras de viejo cuño postsoviético, y estaba a espaldas de la estación de trenes de Charlottenburg. De inmediato advertí las ventajas de la nueva ubicación. Me beneficiaba en dos puntos capitales: podía dormir más y, dado que no requería movilizarme en transporte público, cancelaba mi habitual cuota de plata mal gastada en "Monatskarte", el abono mensual de la BVG.

El departamento quedaba en el segundo piso; tenía dos cuartos grandes, cocina y baño. Los techos no eran muy altos y la tarima del suelo se conservaba bastante bien. Por las ventanas que daban a la calle veía la estación, las atestadas aulas de un centro de enseñanza del alemán y un poco más allá se adivinaba el trasiego peatonal de la Wilmersdorfer Str. El sitio me gustó mucho; además, el alquiler era relativamente barato. G. me dijo que podía hospedarme unos días de prueba y comprendí que lo subarrendaba. Ni siquiera dejé pasar una semana para aceptar su oferta. Recuerdo cómo tomé esa decisión. Fue el día que la vi: salía del ascensor y pasó delante de mí con un aire de gran señora. Había en sus ojos un brillo despectivo en contraposición con una sombra bajo el mentón que no atiné a deducir. Eso me impresionó, y también las tensas formas de su cuerpo vibrando debajo de su vestido.

El portero del edificio, chileno, que pescó mi mirada al vuelo, se me acercó mostrando los dientes.

-Está buena la "tres pelos"- Susurró.

-¿Tres pelos?

-Por la barba, son tres pelitos ridículos que deja crecer.

-¿La conoce?

-Claro. Vive en el quinto piso.

21

CAPÍTULO 3
"La tres pelos"

A los pocos días, cerca de las 10 de la mañana, una garúa intensa me complicaba la vida. Yo recorría la calle a paso rápido. Mis pantalones chorreaban una mezcla de barro y grasa y me seguía preguntando para qué y por qué estaba en Berlin. Y entonces apareció otra vez, abriéndose paso entre la multitud, suavemente, como si flotara. Venía por Windscheid Str., cargando una bolsa de algodón en su mano siniestra.

Simulando guarecerme de la llovizna, corrí hacia el edificio y crucé el portal; entré justo detrás suyo. Pude esta vez apreciarla mejor. Me fijé en que sus pies eran un poco anchos, pero sus nalgas me parecieron hermosas y, como todo lo demás, un temblor casi imperceptible las estremecía a cada paso. El origen y base de sus tres pelos era una gruesa verruga, tan gruesa como su cabello oscuro, que le caía sobre los hombros. Me refiero al cabello oscuro y grueso, no a la verruga. Erguida, sin mirarme, se detuvo frente al ascensor.

-Ayer no llevabas esa bolsa -me atreví a decir.

Era un modo bastante insulso de empezar una conversación. Ella no se inmutó.

-Yo también vivo acá -añadí-. Soy nuevo en el edificio, ¿sabes?

-¿Por qué me hablas?

-¿No puedo?

-Sí, puedes. Pero quiero saber ahorita por qué lo haces.

-Bueno, ya te lo dije. No conozco a nadie en esta casa, y como te vi ayer...

-No me viste ayer. Me viste dos días antes, pero no te has dado cuenta.

-¿Cómo?

-Es por el uniforme.

Reparé que vestía como las empleadas domésticas del siglo veinte. Una especie de delantal oscuro con finas rayitas blancas.

-¿Qué tiene que ver el uniforme?

-Me hace invisible. Ayer me viste porque estaba con ropa de calle. Era mi día de salida.

Algo de eso, seguramente, explicaba su fastidio. Sus labios apretados en un gesto hostil y de repudio. Aunque a mi modo de ver ella imaginaba las cosas al revés, pues el uniforme, en el ambiente "charlottenburguesco", la podía hacer más notable. En las calles de las zonas residenciales es bastante común ver un tropel de empleadas uniformadas paseando niños por los parques, yendo de compras o acompañando al perro en el asiento trasero de un auto, pero en el centro del viejo oeste berlinés resulta insólito. Esta rareza, en todo caso, yo no la había advertido, porque ella camuflaba a medias su atuendo de trabajo, que por alguna razón se lo exigiría su patrona, poniéndose encima un buzo con capucha.

Nos callamos de pronto ante la presencia de alguna gente que comenzó a llegar, y seguimos en silencio cuando todos entramos en el ascensor. Unos instantes después paramos en mi piso.

-Me quedo acá. Mi nombre es Leopoldo.

-El mío es Beate.

No lo podía creer, acababa de perder una Beate y al poco tiempo encontraba -y en mi edificio- otra Beate, tampoco alemana.

Ni ella ni yo teníamos prisa. Pero dejé precipitadamente el ascensor, acatando su ritmo implacable. Fue una cuestión de reflejo, un movimiento impuesto por la distracción o quizá por una inconsciente claustrofobia, y no por la muda y mecánica deferencia al resto de los pasajeros. Luego, las puertas del ascensor se cerraron violentamente. Ella en ningún momento modificó su expresión. Me quedé con las ganas de decirle que ahora vestía uniforme y había podido verla a más de media cuadra de distancia.

Ese mismo día, en la noche, el gordito G. me vino a buscar.

-¿Qué te pasa? ¿Estás enfermo?

Se estaba quejando. Quería que trabajara doce horas diarias y no ocho como decía el contrato de trabajo. No me quedó otra cosa que inventarme una enfermedad incomprobable. Le dije que tenía malestar estomacal. En realidad, el mal se ubicaba un poco más abajo. Desde principios de la tarde sentía unos deseos locos de saltar encima de Beate y acariciarle los senos, besarla, morderla, tirarle los tres pelos.

G. indagó sobre las medicinas que tomaba.

-Mate- le dije- eso estriñe.

-Lo mejor es no comer porquerías.

-Tienes razón. Pero no te preocupes. Mañana estaré en forma.

-No me falles, Leopoldo. Tendremos un buen día y debes salir temprano. Llega un *tour* de empresarios españoles y se reúnen en el lobby del Hotel, ese que está en una lateral de Kurfurstendamm, creo que lo conoces.

-Lo conozco. No te fallaré.

Caminó hasta la puerta con una mirada torva, emitiendo un chistido. Comprendí que era una manera de enrostrarme que no se tragaba lo del malestar. Era como si dijera: "Tú te portas bien, y yo seré un amigo. De lo contrario, puedes buscarte otro trabajo".

Nos estrechamos las manos. Experimenté la sensación de agarrar un pescado. La mano de G., sudorosa en la palma, era desagradablemente fría y blanda.

A la mañana siguiente tomé casi por asalto al grupo de empresarios españoles que lucían vistosas camisas de algodón y se mostraban desconcertados. Estaban sorprendidos por el clima. En los folletos turísticos, cuando se trata de Berlin, se limitan a destacar la Isla de los Museos, el recorrido por donde pasaba el Muro, la Puerta de Brandenburgo, Unter den Linden, el Palacio de Charlottenburg y Alexanderplatz. Ninguno informa del asqueroso clima de agosto, ya casi otoño pero sin la belleza de su luz. Se suponía que tenía que convencerlos de las bondades del mejor asesoramiento jurídico que pudieran encontrar por estos lares. A tres españoles les cobré la nada despreciable suma que incluía la primera consulta, el resto se me cagó de risa.

Un poco antes de las diez me reuní con Adalberto, un practicante del norte de España, simpático y solícito. Me lo habían presentado como un licenciado en derecho experto en huir de la crisis ibérica, y ciertamente uno se daba cuenta de que lo era por su modo de hablar, siempre en tono confidencial, típico de los años en que perder la esperanza estaba prohibido.

-El gordito G. preguntó por ti- dijo Adalberto ladeando la cabeza para escupir. Lanzaba finos escupitajos, como quien se limpia briznas de tabaco en los labios.

-¿Qué quería?

-Sólo verte. Le jode que la gente se pierda.

-Anoche le di explicaciones.

-No lo vas a engañar... -replicó, y escupió de nuevo- ¿Ya te mudaste?

-Sí. Estoy al frente.

-Un buen apartamento, ¿no?

-No está mal.

-Tienes suerte. A los demás nos colocó en cuartuchos.

-¿Los colocó? ¿Qué quieres decir?

-Que todos vivimos en la zona. Estamos a una o dos cuadras como decís vosotros, en diferentes edificios.

-¿Y son suyos los cuartos?

-Algunos figuran a su nombre y otros a nombre del despacho de abogados.

-Ya me parecía que no me estaba haciendo un favor. Nos quiere tener bajo control.

-Por supuesto.

-Se molesta demasiado- dije y me volví unos instantes hacia un individuo que se había detenido a encender un cigarrillo Ducados.

-¿Asesoramiento jurídico en español, señor? No somos los más baratos pero somos los mejores.

El individuo no se enteró de mi existencia. Siguió de largo, mirando en otra dirección. Cuando me volví, Adalberto se hallaba nuevamente a mi lado.

-¿Quién le dijo al gordito que me había ido?

-Ni idea- sonrió Adalberto-. Uno menos en el despacho es siempre conveniente. Pero si quieres puedo sonsacárselo a alguien. ¿Te interesa?

-No. Si ayer fue uno, hoy será otro... No veo a G. desde hace unas horas. ¿Dónde se mete?

Inclinó medio cuerpo para largar otro escupitajo:

-A media mañana entra ahí- dijo.

-¿A mi edificio?

-Va a su casa. A ver a Frau F.. Esa es la patrona. No creo que la hayas visto nunca, porque la señora no sale nunca. Casi ni va al despacho. Llama a sus maromos mientras G. hace que curra, tío. Casi no habla, sólo dice : "Ich habe Hunger" o "Esa agenda es mía, me pertenece, jamás la devolveré".

-De ahi G. & F.. ¿Sabes cuál es su historia? ¿Cómo se conocieron?

-Claro, pero te la contaré otro día.

El gordito estuvo feliz cuando inspeccionó mis adquisiciones de clientes. Le complacía mi eficiencia y, sobre todo, lo que él llamaba mi buen aspecto. Valoraba mucho que fuera de piel blanca y hablara bien. Me dijo que todo en mí, modales o palabras, se veían bien, aun cuando era menester y con carácter de urgente que hablara alemán. Pero todo le indicaba que venía de un hogar decente. No sé de dónde sacó eso. Dijo también, y su voz sonó bastante preocupada, que los otros abogados, llegado el momento, no vacilarían en asestarle una puñalada por la espalda. Yo hubiera apostado mi sueldo a que muchos tenían esas intenciones.

-¿Sabes lo que digo, no?

-Sí. Ningún abogado da confianza.

Podría haber agregado que ningún español la da. Ni ningún alemán. Ni la daría un chino, un negro o un pobre tipo cualquiera cuando sus bolsillos están desiertos. Pero G. requería un cómplice. Él era alemán, blanco como un yogur y eso lo hacía sentirse superior. En adelante, él y yo nos entenderíamos. Quizá no sería su brazo derecho, pero me tendría en cuenta en las situaciones difíciles. Aquella noche, lo dejé acompañarme hasta la puerta del TKMax.

Encontré a Beate en la calle dos veces más. La primera, ante los afiches de una película muda de la que todos hablaban, donde nos miramos unos segundos sin intercambiar palabras, y la segunda, en una panadería de la peatonal.

La panadería era un verdadero imán de transeúntes. Beate, muy concentrada, leía las ofertas del día.

-Hola.

-¿Qué quieres comer?

-Nada- dijo, mientras oprimía contra su pecho un par de Brotchen, esos ricos pancitos berlineses -Espero el vuelto.

-No te veo hace días.

-...

-¿Cómo te va?

-Peor que a ti -dijo secamente.

-Bitte- interrumpió la señora de la panadería. Beate alargó una mano para tomar el vuelto y su mirada vagó por un instante. Advertí que a mis espaldas, dos muchachas risueñas nos estaban observando.

-Tengo que irme- se inquietó Beate.

-¿Puedo verte otro día?

Me miró en silencio. Sus compañeras le pasaron un cigarrillo que rechazó y repentinamente se marchó.

CAPÍTULO 4
"Pepino & Empanada árabe"

Al pasar unos cuantos días, comencé a sospechar sobre mi trabajo. El gordito, empezó a pagar todos los almuerzos del personal. Era extraño también que sus abogados no se hicieran de un pequeño capital y se independizaran. De hecho, no lo hacían porque no les convenía. Ninguno de esos "chicos bien llegados de tierras ibéricas" era leal servidor de G. ni de nadie. Sencillamente, aprovechaban una circunstancia favorable. Los españoles comenzaban a llegar a Alemania tanto o más que los argentinos a España en el 2002.

Parado en una esquina, en una de tantas horas muertas, sepulté mis dudas. Adalberto me aclaró las cosas.

-¡No puedo creerlo!- se asombró tomándome de un brazo-. Recién lo sabes. Es obvio que blanqueamos dinero. G. maneja el asunto y Frau F. se queda con las agendas de los empleados; de todos los datos que va juntando, analiza quién puede servir a sus intereses.

-¿O sea que perseguir españoles para ofrecerles asesoramiento jurídico es pura pantalla?

-Claro. Así todo parece normal.

-Ya lo veo... Pero eso quiere decir que nos están vigilando.

-Naturalmente. Todo el tiempo.

-¿La policía?

-No. La policía está adornada.

-¿Quiénes, entonces?

-Eso es muy complicado. En el negocio hay varios grupos de poder que se disputan los dividendos, y eso nos jode vivos, porque cuando ellos se pelean nosotros somos los que recibimos las patadas.

29

Conversé con Adalberto hasta que se hizo de noche. Lo invité a cenar, minipizzas a un euro en el *Imbiss* de la estación de Charlottenburg, y ahí me contó cómo se conocieron los socios y quienes eran antes de toda esta parafernalia.

"La señora F. era tan ordinaria como su propio nombre -había leído por algún lado que el apellido F. significaba la sabrosa empanada árabe, excelsa en su constitución pero inapropiada para un apellido que se reputaba de abolengo-. El aire inconfundible de la ingesta abusiva de alcohol durante un número excesivo de años había hecho estragos en su rostro. Su pálida piel grisácea era grasienta, con los profundos poros bien visibles, y nunca parecía seca del todo. En esos momentos sudaba con fuerza y aparentaba más de los cuarenta y nueve años que tenía. La amargura había colaborado con el abuso del licor de orujo blanco y había proporcionado a su cara un aire descontento y furibundo.   La señora F. era abogada. Al comienzo de sus estudios había mostrado prometedores modales y por eso había tenido algunos amigos. Sin embargo, la infancia, en un ambiente de católico recogimiento en un lugar perdido de la península ibérica, había encadenado fuertemente toda la voluptuosidad y alegría de vivir que alguna vez hubiera tenido.

Había perdido la fe de su infancia a los pocos meses de llegar a Madrid y no había encontrado nada con lo que sustituirla. Nunca se había librado del todo de la imagen de un dios vengativo e implacable, y el desgarro entre su yo primitivo y el sueño sobre una época de estudios repleta de vino, hombres y logros académicos no había tardado en llevarla a buscar consuelo en las tentaciones de la gran ciudad capital de España. Ya en aquellos tiempos, sus compañeros de estudios afirmaban que la joven señora F. nunca había usado sus órganos sexuales más que para sangrar y mear. Era una verdad a medias.

La joven señora F. aprendió pronto que el sexo se puede comprar. Su falta de encanto y su inseguridad habían hecho que no tardara en comprender que los hombres no eran lo suyo, así que había frecuentado las zonas rojas de la ciudad en busca de chaperos y acumulado mucha más experiencia de la que se atribuían sus compañeros.

El consumo de alcohol, que aumentó a tal velocidad que ya a los 25 años se decía que era alcohólica -cosa que clínicamente no era correcta-, le impidió acabar sus estudios con los resultados que hubieran correspondido a su talento original. Terminó Derecho pasados los 30 con un expediente medio y encontró trabajo en alguna de las empresas familiares por mediación de sus progenitores. Permaneció allí durante cuatro años, antes de establecerse por su cuenta tras dos años de prácticas en un juzgado del norte de España; un tiempo que recordaba con horror y que no consideraba más que un mal necesario en el camino hacia la libertad que sentía haber estado siempre buscando. Después encontró a otros dos abogados que tenían un espacio libre en el despacho que compartían y que llegaron a la conclusión de que era una mujer retraída y difícil, con una furia incontrolable. Sin embargo, la aceptaron tal y como era, en gran medida porque, a diferencia de los demás, siempre y sin excepción estaba al día en el pago del alquiler y el resto de los gastos comunes, aunque sus asociados lo atribuyeran más bien a su ínfimo gasto de dinero que a sus capacidades de ganarlo. La señora F. era simple y llanamente tacaña, un ser miserable. Tenía debilidad por los trajes "tipo sastre" azules, poseía tres. Dos de ellos tenían más de siete años y se notaba, sobre todo por la antigüedad de las manchas. Ninguno de sus colegas la había visto jamás vestida de otra manera. Usaba el dinero en una sola cosa, o en dos: alcohol y sexo por horas.

Para sorpresa de todos, durante un breve período había florecido. El asombroso giro de su vida se manifestó en que se lavaba el pelo con alguna frecuencia, en que empezó a usar desodorante -que durante un rato ocultaba el olor rancio y desaliñado de su cuerpo, que también impregnaba su despacho- y en que una mañana apareció con unos zapatos símil cuero que, en opinión de la secretaria, eran muy elegantes.

La causa de la transformación fue un hombre que estaba dispuesto a casarse con ella. La ceremonia tuvo lugar a las tres semanas de conocerse, tiempo durante el cual, entre cervezas y licores de hierbas, concretaron sus planes de bodas.

El hombre era más feo que el más feo de los hombres que la señora F. había pagado, pero quienes llegaron a conocerlo decían que más que feo era malo, neurótico y apestaba a rancio más que ella. Tenía, eso sí, unos hermosos ojos grises. Era abogado y católico, pero también era alemán y no dudó en llevársela a Berlin. Se trataba de Herr G. -letra que escondía el verdadero significado de un vegetal alargado- y juntos decidieron joder a sus semejantes y fundaron un Despacho de abogados en el centro histórico de Berlin: G. & F., Pepino y Empanada Árabe, glamour asegurado en todo su esplendor.

Dicen que el día que intimaron por vez primera, el retumbar de los truenos había ido hasta hacerse ensordecedor. Los relámpagos rasgaban el cielo trazando numerosos zigzags, seguidos, segundos después, de truenos tan potentes que entraban ganas de taparse las orejas. El aire vibraba, los cristales de la ventana, aflojados, castañeteaban con nerviosismo. Una negra capa de nubes cubría el cielo, que se oscureció de tal forma que, en el interior de la habitación de la señora F. o de Herr G. -nadie podía precisar en qué lugar de Madrid se produjo dicho encuentro-, ambos tórtolos apenas podían verse la sonrisa amarilla y podrida de uno y la sonrisa amarilla y podrida de la otra. Con todo, no encendieron la luz. Siguieron sentados uno enfrente de la otra, las manos entrelazadas. Al otro lado de la ventana, el cielo vertía ríos de lluvia con tanta violencia que, sólo con verlo, producía angustia. Cada vez que un relámpago rasgaba el cielo, la estancia se iluminaba unos instantes. Durante un tiempo, ni siquiera pudieron oírse el uno a la otra".

Luego, Adalberto me habló de Beate.
- Los vi conversando hace un rato- me dijo.
- ¿Qué sabes de ella?
- Es la empleada doméstica de Frau F..
- ¿Ella también es abogada?
- No exactamente, pero por alguna razón, me imagino, tiene un buen sueldo. Ella está siempre en la casa y puede oír conversaciones de Frau F.. Eso es mucho riesgo, ¿entiendes?
- Sí, claro.
- Hace un tiempo, uno de los abogados intentó ligar con ella. A lo mejor lo consiguió... No sé. Dicen que es medio guarrilla.
-Humm. Esa es la versión de los que no fueron satisfechos en sus demandas afectivas.
-*"Pará, Lacan"* . Lo que sí es un hecho es que le gusta mucho la ropa.
-¿Y eso qué?
-Ropa fina- enfatizó Adalberto-. Dos veces perdió el trabajo porque la pescaron llevándose vestidos de las patronas.
-¿Será cierto?

33

-El portero lo asegura.

Aquella misma noche, a eso de las ocho, G. llegó para hacer algunas cuentas y enseguida se fue. Dijo que debía ir a Potsdam. Pronunció la palabra Potsdam como si el solo sonido de cada una de sus letras lo elevara sobre el resto del mundo.

Contando la plata que habían hecho, varios abogados del estudio, alegres y bulliciosos, entraron a un bar. Uno de ellos, con gesto amistoso, me arrastró a que lo acompañara. Aunque nadie bajaba la guardia, reinaba un estado de efervescencia, afianzado por las bromas y las mutuas cargadas hirientes. Todos eran muchachos mixtos, es decir, españoles y alemanes, hablaban ambos idiomas a la perfección. Algunos, con su smartfphone en la mano, adoptaban un aire importante -que muchas veces se justificaba-, y otros, verdaderos atletas del engaño, imitaban más bien el estilo de los jóvenes de barrios elegantes. La convivencia se basaba en una fórmula simple: hablar de mujeres o de temas que nos incumbían, las compras masivas de empresas españolas o el mal aliento de G.. Era cuestión de tener calle y sintonizar la onda. No tuve problemas. Bebí con ellos un par de Berliner Kindl, la cerveza quizá más popular, y me despedí antes de las nueve.

Hacía un poco de frío y sentía hambre, pero no tenía ganas de comer en un bodegón barato. Odiaba quedar impregnado de olor a frituras, y más aún masticar mis alimentos advirtiendo, en cada golpe de viento, la creciente pestilencia de algunos transeúntes. Aquella era una hora nefasta. De muchos bares de la zona salía gente a vomitar o, en el mejor de los casos, a descargar los riñones en las veredas, formando a veces riachuelos de unos cuantos metros que se entrecruzaban. Pero el asunto era que no quedaban almacenes ni supermercados abiertos y no sabía si tenía algo en el departamento.

En la heladera encontré una botella de agua, tres huevos, un poco de queso, dos panes y una olla con arroz del día anterior. Busqué una sartén y decidí tostar los panes y hacerme una tortilla. Y con eso, me di cuenta que se había acabado el aceite.

Entonces pensé en Beate. ¿Me regalaría un poco de aceite? ¿Lo tomaría a mal? No era tan tarde e imaginé que podría estar viendo la tele o haciendo algo parecido. De manera que subí al quinto piso y de pronto me di con una docena de puertas. ¿Cuál de todas sería la suya? No había pensado en eso, y cuando lo hice, deseché la idea de ir tocando de puerta en puerta hasta dar con ella. Unos instantes estuve a punto de desistir, pero luego bajé a buscar al portero en la planta baja para averiguar su número. Al cabo de un rato, estaba tocando a su puerta. Ella me abrió.

-¿Estás tonto? -se sorprendió con voz ahogada-. ¿Qué quieres ahorita?

-Beate...

-¿Cómo te has atrevido?

-Necesito un poco de aceite. Creí que vos, que tú...

Se oyó un ruido en el interior del departamento. Beate se sobresaltó y se volvió visiblemente nerviosa.

-No vengas más aquí -murmuró entrecerrando la puerta.

-¿Qué te pasa? ¿Por qué te pones así?

-Yo te bajaré el aceite. Espérame en tu casa.

-Pero...

-Sé dónde vives. Espérame.

Una luz húmeda brillaba en sus ojos y ése fue el único matiz amable de su rostro crispado. Me fui.

No había terminado de lavar la sartén cuando apareció en mi puerta con una botellita de plástico. Estaba más tranquila, aunque seguía un poco tiesa. Le llamó la atención que mi departamento estuviese a oscuras.

-Hay luz en la cocina -dije.

-Eres ahorrativo.

-No en todo -sonreí con intención-. Contigo no lo sería.

Retrocedió unos pasos, asustada.

-Me voy- dijo.

-¿No quieres pasar?

Volvió a negarse y, en señal de despedida, me ofreció la botellita. De modo que, en el acto de recibirla, tomé su mano y de un solo envión la metí adentro, cerrando de inmediato la puerta y rodeándola con mis brazos para reducir sus forcejeos. Beate era bastante fuerte y procuraba hacerme perder el equilibrio. Me obligó a aplastar su cuerpo contra la pared. No veía su rostro, pero oía su respiración agitada, y quedamos así unos instantes: mi pecho presionando el suyo y una de mis rodillas bloqueando sus piernas. Y entonces sentí un temblor, una brusca sacudida en su vientre. Mis dos manos se aferraron a sus nalgas y empecé a besarle el cuello.

-¡Quítame el uniforme!- dijo con voz casi inaudible-. ¡Quítamelo ahorita!

Saltaron varios botones del uniforme al momento de sacárselo. Su lengua entró en mi boca como una lombriz escapando de un incendio.

CAPÍTULO 5
"Ij jabe Junga"

Dormí como un bebé -como un bebé que duerme a pierna suelta- hasta las ocho de la mañana y me desperté oyendo que echaban la puerta abajo. G. había enviado por mí a uno de sus abogados alemanes, un tal Blonding. El tipo estaba muy excitado, cruzó la puerta a grandes trancos y se paró ante una de las ventanas del living invitándome enseguida a contemplar el panorama. Bostezando, con una cara de sueño que intuí horrible, me aproximé. Eché un vistazo: frente a la estación y calles aledañas hormigueaba una centena de turistas. Todos hablaban, gesticulaban y se congregaban alborotadamente en español. Dada la hora, el movimiento no era normal, pero tampoco era la gran novedad. Ocurría cada vez que bajaban los precios del desayuno del hostel de abajo, de por sí bastante barato. Mientras me duchaba y vestía, Blonding me hizo un resumen de los rumores matinales. Salí del departamento sin tomar mis acostumbrados mates, G. me saludó y noté que no se sentía muy feliz de ganar más dinero. Algo le daba mala espina, temía oscuros efectos colaterales, le inquietaba el futuro.

-¿Qué está pasando?

-Se va todo a carajo- gruñó el gordito- Otra vez.

-No entendí bien lo que había querido decir, pero preferí no ponerme en evidencia.

-¿Se puede hacer algo?- pregunté.

Comenzando a contar unos fajos de euros que se disponía a entregarme, G. me habló sobre el trasfondo del negocio. Pero lo hizo como si se tratara de una conversación más, como si fuera habitual que nos ocupáramos del asunto. Me explicó que había tres estudios jurídicos hispano-alemanes que controlaban a unos miles de españoles inversores en Alemania, incluyendo los que invertían su fuerza de trabajo para comer. Era una tediosa historia, que cada día se volvía más previsible, pero el gordito estaba como loco porque yo pusiera una mirada inteligente. No lo defraudé.

-Comprendo- dije- Van a presionar más.

-De todos lados- ratificó, y se desplazó unos metros. La reacción de su grupo de abogados alemanes, ojos movedizos y animalidad rebosante, fue seguirlo de inmediato- Empezarán a hacer ruido para rompernos las pelotas.

A lo lejos, haciéndonos señas con la mano que empuñaba su calculadora, Adalberto cruzaba la calle en ese momento. Mostraba una expresión feliz y por tramos emprendía cortas y veloces carreritas, en actitud bromista, saludando a gente. Se vino hasta donde estábamos nosotros, mirando ávidamente a G..

-Necesito *plata*- dijo. Hay un tipo que me está esperando.

El gordito buscó unos billetes del bolsillo interior de su saco y se los dio.

-¿Cómo está la cosa? -interrogué.

-Más o menos- dijo Adalberto.

Cuando Adalberto se despidió, el gordito G. finalmente me entregó el fajo de billetes.

-Invita a todos los españoles que puedas y cuando se te acabe el dinero, me buscas en el Lentz.

Fueron horas realmente fatigantes, y en las que mis dedos se movieron con destreza de timbero para dar billetes a la cajera y recibir pancitos y cosas dulces por doquier. No paramos de comer, y sólo hubo unos momentos de recreo en que intentaba explicarles cómo funciona el sistema social alemán para los europeos comunitarios.

Entre tanto, la mayoría de los integrantes del sufrido y casi satisfecho pelotón hispanoparlante, rugía de entusiasmo. Los muchachos rieron, saltaron, se abrazaron unos a otros y el gordito también hizo lo mismo -acababa de reunirse nuevamente con nosotros- pero, a decir verdad, nadie creyó en su alegría.

¿Me divertí? Una barbaridad. Poca gente comprende lo bien que hace ver a una muchedumbre hablando tu propio idioma. Desaparece la amargura, se esfuma esa viscosa mezcla de tristeza y rabia contenida. Hubo algo de esto, y además el dinero entraría a manos llenas. Todo el mundo estuvo de acuerdo en que había sido un día redondo.

Pálido, ojeroso, un anticipo de lo que sería mi cadáver en los minutos iniciales de mi muerte. Así acabé la jornada. La noche había caído hace horas y tenía la garganta reseca y me angustiaba el apremio por tomarme un trago. Llegué al Lentz cuando ya cerraban, pero conseguí que me atendieran. Yo, en la solitaria y casi inexistente barra, era uno de los pocos clientes. Adalberto, que se apareció de improviso, se convirtió en otro cliente. Me encontró mirando hipnóticamente mi vaso de cognac. Se sentó a mi lado y pidió una cerveza.

-¡Qué manera de currar, tío! -dijo resoplando.

Asentí dos veces con la cabeza y bebí un sorbo de mi trago. Adalberto se sacó el zapato derecho, como si estuviera en su casa, y comenzó a frotarse el pie con ambas manos.

-¡Joder, tengo los pies como empanadas! -continuó con gesto desolado. ¿No te duelen a ti?

Sabía lo que le pasaba, porque yo también lo estaba viviendo. Cuando uno ha estado horas con el ánimo arrebatado, sufre después un bajón; una especie de "mono" o síndrome de abstinencia, en el que todos nuestros jugos exigen más estímulos y exaltación. El remedio para esto es tomarse otro trago, y eso era lo que estábamos haciendo.

-Me duelen -contesté-. Pero no es un día para lamentarse, ¿no?

-Tienes razón. Nos ha ido bien.

-Muy bien- insistí.

-Sí, verdaderamente bien -concordó-. Creo que habremos sacado más "Mandanten" de lo que se hace en una semana. -Adalberto se sacó la media y comenzó a examinarse los dedos del pie-. ¡Si así fuera todo el tiempo, qué bueno sería!... Oye tío, ¿te gustaría ir de putas?

Terminé de beberme el cognac.

-Tal vez otro día -le dije.

-Está aquí muy cerca, en la esquina.

-No, Adalberto -contesté levantándome.

-Espera- ¿ya te vas?

-Estaba por irme. Me voy a dormir.

Sin soltar un instante su pie, Adalberto me miró pestañeando.

-¿Todo bien?

-Por supuesto. Pero es probable que mañana sea otro día jodido, ¿no?

-Sí. Puede ser.

-Necesito recuperar fuerzas.

Sonrió con un gesto que se esforzaba en ser comprensivo. Y le devolví la sonrisa; pero, de hecho, estaba fingiendo. La noche anterior, tras la intimidad de las caricias, la tres pelos y yo habíamos derivado a nuestra primera conversación franca, natural, desinhibida. Hablamos sobre la vida secreta del barrio. Uno de los temas casuales que tratamos fue la existencia de Adalberto, y lo que dijo Beate respecto a él me había inquietado. Afirmó que el tipo era el más puntual soplón de G.. Esto me puso a la defensiva. ¿A la defensiva de qué? No lo supe entonces, pero ciertamente lo estaba. Cuando Beate se había referido a Adalberto derramaba bilis pura, y yo asumí que su hígado era un buen consejero.

-¿Te parezco gorda?

-¿Qué?

-Quiero saber cómo me ves. ¿Gorda o flaca?

-Hmm... te veo bien, muy bien.

-Eso significa gorda -concluyó Beate en tono monocorde y completamente relajada.

Con el agua hasta la cintura, envueltos en una nube de vapor, ella apoyaba su espalda contra mi pecho y me hablaba despacio. Tenía los ojos adormilados y abría y cerraba lentamente sus piernas formando espuma y pequeñas olas, mientras yo jugaba con el jabón, que siempre se escurría en mis manos, o refrescaba su cara con tibios chorritos de agua provenientes de una esponja que mojaba en la bañera y luego exprimía encima de su cabeza. Me sentía muy bien. Era el final de un día frenético, en el que habíamos quemado mucha plata, y aquel baño me estaba cayendo de maravillas.

-¿Por qué dices eso? -repliqué-. En ningún momento dije que estuvieras gorda.

-No me dices la verdad.

-¡Te la estoy diciendo! Pienso que tu cuerpo es perfecto, y lo más importante es que me encanta.

-¿De veras?

-Sí. No te mentiría -dije mintiendo y procurando alejar esos tres pelos de mi vista.

-... Me he comprado un bikini... -Beate se volvió a mirarme como si quisiera detectar en mi cara una reacción que delatara pensamientos adversos. Yo no moví un músculo, y entonces continuó, sonriendo-: Ya sé que falta mucho para el verano, pero es que... no sabes... me gustó tanto ahorita. Es rojo, con lunares negros.

Le aseguré que ya me estaba sintiendo loco de celos de tan sólo imaginarla con ese bikini en la playa y eso la colmó de felicidad por unos instantes, aunque no tardaría en exigirme una aclaración respecto a su contextura. No eres lógico, me dijo. Si no soy gorda, ¿qué soy?, ¿flaca?. Mi respuesta tuvo cierta solemnidad. Eres más bien una flaca llenita, le dije, y enseguida, ahuecando las palmas, le tomé los pechos con ambas manos, como un experto que pretendía certificar si éstos daban el peso correcto.

Las manos resultaron más convincentes que las palabras. Beate resolvió cambiar de posición. Era fácil deslizarse y reacomodarse en esa bañera enorme de casa berlinesa -de casa berlinesa con bañera enorme- y, en un santiamén, la tenía frente a mí: sus muslos atenazando mis caderas y sus pies entrelazados a mi espalda. Moviéndonos limpiamente, nuestros cuerpos enjabonados resbalaban en cada abrazo, aunque luego, como por arte de magia, hallaban un punto firme donde apoyarse y volvían a la postura original. Hicimos cuanto se nos ocurrió. Pasada una hora, tiritando de frío, salimos, nos envolvimos en unas toallas y estuvimos un buen rato acurrucados en el sofá del living. Entonces, poco a poco, todo se volvió diferente. Beate se dio cuenta de que yo estaba enamorado de ella y, lo que era más perturbador, comprendió que ella estaba enamorada de mí. Y empezaron las peleas.

-¡No lo soporto, Leopoldo!- exclamó incorporándose del sofá-. ¡Es algo muy odioso!

Me quedé mirándola, extrañado.

-¿Te das cuenta lo que haces?

-No- respondí con absoluta inocencia. Ella ya se paseaba de un extremo a otro de la habitación-. ¿Qué hago?

-Ya no lo haces. ¡Pero lo estabas haciendo!

-¿Qué?

-¡Me tocabas! Todo el tiempo me estás tocando, todo el tiempo. ¿Te gusta tanto mi piel? ¿Te vuelve loco? -Su voz de tonos agudos y quebrados denotaba una impaciencia creciente. Enmudecí de nuevo, aguardando una explicación. Ella, desafiante, se puso las manos en la cintura-: Quiero saber lo que piensas sobre la vejez.

-¿De qué carajo hablás?

-No te hagas el tonto. Ahora dímelo: ¿a qué edad para ti una mujer es vieja?

-¿Cómo que a qué edad? Una mujer es vieja cuando está vieja.

-¿Sí? ¿Desde cuándo? ¿Veinticinco, treinta años? ¿Cuarenta?

-¿Qué mierda te pasa?

-¡Quiero saber cuánto tiempo me queda! -chilló cruzándose de brazos, muy tensa: -Ya tengo los míos y no quiero ser una vieja chota como Frau F..

-¿Pero eso en qué va a cambiar las cosas?

-En mucho. La edad, y ese bikini. ¿Te has fijado que en la playa todos podemos ser iguales a todos? La gente te mira sin atreverse a encasillarte. A mí se me acercan algunos chicos, me dicen cosas. Yo siento que me hablan con naturalidad, como si hubiéramos vivido juntos en los mismos sitios...Una amiga mía se casó con un alemán, de Baviera.

-¿Lo conoció en la playa?

-No. Pero se vieron ahí por primera vez... Se conocieron después en un sauna. Ella era masajista y él se apareció a darse un masaje. Quiero escribirle.

A estas alturas yo ya había identificado, con la certeza de un radiólogo, el mal que afligía a Beate: se sentía terriblemente insegura. Alguna gente siente lo mismo (yo, por ejemplo) cuando no encuentra adonde aferrarse, sea una casa o una bicicleta, cualquier cosa que sea propia. Ella no le encontraba asideros a su proyecto de vida. Se sabía a merced de sus sueños. Y estos eran unos sueños implacables y posesivos, con manos de orangután, que la habían tomado por el cuello y la estaban estrangulando en cámara lenta.

-¡Por favor, Beate! -me reí-. No me digas que te querés casar con un alemancito cabeza cúbica.

-¡No seas idiota!- se volvió ofuscada. Aquel movimiento hizo que se le cayera la toalla y quedara desnuda. Tardó apenas unos instantes en cubrirse, pero pude ver en la penumbra su silueta recortada bellamente ante la luz tenue del marco de una de las ventanas-. Lo que quiero es salir de acá. ¡Y estudiar!

-¿Estudiar? ¿Hablas de una carrera?

-Hablo de hacer las cosas bien... Medianamente bien. Ni siquiera puedo... ¿Sabes que en mi país estudié Derecho?

-Lo importante es que terminaste la facultad.

-No- dijo con una expresión abatida-. No valía la pena.

-¿Por qué dices eso?

-Estudié en una universidad privada. Mi letra es igual a la de un retrasado mental. Esas universidades son un engaño. -Una lágrima rodó por una de sus mejillas y, tras barrerla inmediatamente con dos dedos veloces y enérgicos y tras mojar sus tres pelos de la verruga, tomó aliento, sobreponiéndose-. Necesito escribir con buena letra para que la gente me respete.

-Ya basta, Beate. Eso es algo que puede arreglarse.

Un fulgor de encono relampagueó en su mirada.

-¡Sí, puede arreglarse!- exclamó-. ¡Pero la única que puede hacerlo soy yo! Y para eso tengo que dejar este trabajo de mierda.

-Beate, vos no tenés un trabajo de mierda.

-¡Claro que tengo un trabajo de mierda! ¿No te das cuenta? ¿No sabés lo que es ser empleada de Frau F.? ¡Es aceptar que alguien te mande a limpiar el inodoro, es ponerte a buscar manchitas de caca!... Sí, me parece que tú lo comprendes muy bien. ¿Y sabes por qué? ¡Porque tú también tienes un trabajo de mierda! ¡Un asesor jurídico callejero en español! ¿O acaso piensas que eso es lo mejor del mundo?

-¿Qué quieres que haga? -arremetí sin perder la calma-. ¿Te gustaría que alquile un auto para hacer de taxista? No tengo registro de conducir. ¿O a lo mejor prefieres que robe un banco y ponga una pizzería en Adenauer Platz?

-¿Qué hacías antes? ¿Piensas seguir como estás toda tu vida?

-No lo sé. Yo trabajaba en una inmobiliaria. En Madrid. Puedo conseguir trabajo en otra inmobiliaria. En Berlin. Ésta es una situación pasajera.

-¿Por qué lo dejaste?

-Me echaron. Uno de los jefes la tenía conmigo, y me agarró justo en uno de esos días con la paciencia corta.

-¿Le pegaste?

-No. Solo le tiré una silla por la cabeza pero sin darle y le escupí la cara, pero eso fue suficiente.

-Vas a seguir como ahora.

-Yo no lo veo así.

-Aun cuando tengas otro empleo, no vas a ser más que un triste y explotado imbécil.

Ese era todo un golpe bajo, quizá el más sucio de los que me habïan aplicado, pero consideré que si me mostraba ofendido le iba a dar una satisfacción que no se merecía.

-¿Y vos? -La espeté observando que se apoyaba en la pared- ¿Hiciste alguna vez un trabajo distinto?

-Sí- contestó.

E inesperadamente algo ocurrió en su rostro. Bajó un momento la cabeza, despejó de su cara un mechón de cabello -casi tan grueso como uno de sus tres pelos de la verruga- colocándolo detrás de una oreja. Advertí que, aun a su pesar, su agresividad comenzaba a disiparse.

-Fui depiladora en una peluquería de Spandau. Y también vendía cosméticos y cremas de belleza. Un tiempo me fue bien, pero después la cosa se puso imposible, vino la crisis, y la gente no tenía plata para ponerse linda. Volví a trabajar de doméstica... Luego, intenté salirme otra vez. Una vecina de una casa en la que trabajaba decía que yo tenía un cuerpo bonito y me recomendó a un pariente suyo. Un empresario de Tiergarten. Me contrataron como chica de ring. Tenía que ponerme unos shortcitos muy ajustados, zapatos de tacón y pasear con los brazos levantados un cartel donde se anunciaban los números de rounds. Lo dejé cuando los fotógrafos del *Bild* me propusieron que posara para una primera página. Eso me hizo pensar. Yo no estaba buscando ser una de esas artistas. Además, si tu foto sale en un periódico, ya no hay salvación, ¿me entiendes?

-Sí, creo que sí.

-¿De verdad lo entiendes?

-Si. Te dije que sí. Lo entiendo.

Beate me sonrió con su mirada llorosa y retornó al sofá, sentándose otra vez a mi lado. Echó aliento en una de mis orejas y fue deslizando sus labios por mi pelo. Sus besos eran cálidos, tiernos. Olía al perfume del jabón con que nos habíamos bañado. Encogiendo las piernas, pegando su cara a la mía, volvió a observar la calle a través de la ventana. Desde esa posición, sentados en el sofá, sólo imaginábamos pasear por *Unten den Linden* y mirar las ventanas iluminadas del Hotel Adlon.

-¿Cómo serán los cuartos de ese hotel? -se preguntó-. Dicen que las alfombras son azules y los baños tienen caños de bronce. Debe ser lindo.

-Estoy seguro que sí.

-Es caro. Pero podríamos pasar una noche juntos ahí, ¿no crees? Aunque sea una noche.

-Es posible.

-¿Cuándo lo hacemos?

-No sé. Uno de estos días.

El malhumor de Frau F. acabó dos semanas más tarde con la tranquilidad de nuestros encuentros. Una noche, a eso de las doce, oímos unos gritos destemplados y Beate reconoció la voz de su patrona que, entre jadeos, se asomaba por el hueco de la escalera gritándole a la oscuridad: ¡Ich habe Hunger! ¡Esta agenda es mía! Hecha un atado de nervios, recogió sus ropas y se vistió y salió en puntillas al pasillo. Me aproximé a la puerta aguzando el oído. El silencio de las noches convertía al edificio en una caja de resonancia: oí los pasos de Beate subiendo las escaleras y luego, procedentes de tres pisos más arriba, las voces lejanas de ella y Frau F. en un murmullo ininteligible. Después sentí un ruido perentorio, como el que hace una puerta cuando la cierran bruscamente. Yo sentí que, de algún modo, ese portazo me lo daban a mí.

Así era. Por cinco días no nos vimos, y tuve que esperar hasta el domingo, que era su día libre y también el mío, para que saliéramos juntos. En esa ocasión, acompañé a Beate a Lankwitz, a casa de una tía, donde debía recoger una encomienda que le enviaba otro pariente no sé de dónde. Ropa interior comprada en España, y una caja de polvorones de la estepa. Me contó en el camino que, en los aspectos más detestables, Frau F. se parecía a su abuela. Era una persona dominante, persistente y con un maniático sentido del orden. Si algo no estaba en su sitio, reventaba el planeta Y eso era precisamente lo que había ocurrido aquella noche de los gritos por las escaleras. Beate había olvidado dejar sobre la mesita de noche las pastillas para la artritis, que sumían a Frau F. en un sueño profundo, y ésta a su vez había olvidado tomarlas y se despertó a medianoche con el camisón empapado de sudor. Fue al dormitorio de Beate, no la encontró y se puso a gritar. Cuando después preguntó dónde estaba, Beate le soltó una mentira del tamaño abdominal del gordito G.. Le dijo que ciertas noches, en las que no podía dormir, se ponía a subir y bajar las escaleras del edificio a fin de quemar energías. Por ratos tomaba descansos sentada en un escalón, y luego volvía a lo mismo. Frau F. se había quedado con la boca abierta, babeando. Pero no dijo nada. Tal vez la extravagancia del embuste -dado que, por lo común, se piensa que nadie puede inventar algo tan absurdo- había contribuido a hacerlo verosímil. Tal vez Frau F. aparentaba creerle. La conocía desde hace mucho, pero nunca sabía lo que pensaba. Lo que sí sabía es que, desde entonces, la veía tomar sus pastillas muy tarde, cuando ya Beate daba señales de estar muerta de sueño y no parecía sentir el menor deseo de subir y bajar escaleras.

Dos días después de nuestra excursión a Lankwitz, pretendí visitarla. Llegué hasta su puerta, actué una sonrisa radiante y me dispuse a tocar, pero acabé, arrepentido y desazonado, regresando al departamento. Recién al tercer día, pasada las dos de la tarde, hora en que circulaba menos gente por el edificio, pudimos por fin vernos. Angustiosamente, sintiéndonos estúpidamente culpables. La encontré en el ascensor. Me había visto acercarme hacia el edificio por las ventanas de su casa y salió de inmediato diciéndole a Frau F. que iba a recoger el correo. Llevaba en una mano algunas cartas y publicidad de comercios de la zona.

-Tenemos unos minutos- me dijo aplastando su boca contra la mía mientras se cerraban las puertas.

Oprimí el botón de parada y nuestros cuerpos se fundieron en un abrazo enloquecido que se desbordó en besos, arrumacos y gemidos de una afiebrada intensidad que nos estremecían de pies a cabeza. Sin dejar de besarla, le bajé la bombacha para sentir la humedad de su sexo. Y palpé su entrepierna. Pero no llegué a más. Repentinamente, el suelo se movió. Con algún movimiento inconsciente habíamos tocado el tablero de mandos poniendo otra vez en marcha el ascensor. Al cabo de unos segundos, todavía sin haber terminado de arreglarnos las ropas, entraron varios pasajeros. No nos volvimos a ver hasta el domingo siguiente.

Mientras tanto, y esto de hecho fue un alivio, sobrevivieron unas jornadas bastante agotadoras. El flujo de dinero se incrementaba a diario, lo cual me tuvo a mí pateando las calles invitando a empresarios a distintos seminarios gratuitos y pagando todos los gastos y mantuvo ocupada a Beate durante las tardes y las noches, ya sea contando billetes en casa de Frau F., si se trataba de una remesa grande, o bien aplacando el hambre y la sed del gordito G. y su harén de abogados alemanes.

G., que estaba más paranoico que de costumbre, redobló la vigilancia en el edificio. Puso dos de sus hombres fijos en la puerta de calle y dos en los pasillos. Su nerviosismo se explicaba porque, aparte de la gran afluencia de dinero, se había encontrado en esos días a un abogado de la competencia agonizando muy cerca de ahí. Se llamaba Hans Prufen, era un tipo que sabía cuidarse. G. lo conocía de vista. Trabajaba en Savigny Platz. La noticia solamente apareció en un diario, muy pequeña, pues aquella semana el rescate a los bancos europeos copaba los titulares. Todos los diarios anunciaban el fin del capitalismo tal como se conociera hasta entonces. La gente estaba morbosamente colgada de cada nuevo detalle. En cambio, para nosotros, la muerte del abogado, a quien habían clavado una única y certera puñalada para arrancarle su maletín, representaba una tragedia mucho mayor. En la criminal lotería de los países en crisis todos podíamos salir sorteados, pero en los robos a abogados, que según G. ya se estaban convirtiendo en un deporte, nos sentíamos como expuestos en vitrina.

Cuando finalmente llegó el domingo, le propuse a Beate irnos a comer unas milanesas enormes a uno de esos restaurantes típicos alemanes. Le encantó la idea. Estaba preciosa y se la veía feliz. Elegimos uno por Gendarmenmarkt, carísimo, donde comimos a reventar, y de ahí nos fuimos hasta Friedrichstrasse, desde donde y finalmente nos dirigimos a Hackescher Markt. Soplaba una brisa fresca, y yo la tenía todo el tiempo abrazada, disfrutando de su cálida cercanía y también de la sorprendente suavidad de su pulover, confeccionada con una lana que acariciaba a la mano que tocaba.

-¿Te gusta? -me preguntó.

-Es un pulover muy suave. No parece real.

Ella se rió echando la cabeza hacia atrás, más feliz que nunca.

-Es cachemir- reveló- y en seguida se dedicó unos minutos a mirar la gente pasar, a ratos sonriente, a ratos ensimismada.

Antes del anochecer volvimos a mi departamento y, en

la entrada del edificio, vimos llegar a dos sujetos. Uno de ellos, maletín en mano, saludó a Beate con ostensible acento andaluz. Era un tipo rudo, bien plantado y con esa clase de mirada fría y estrábica que proporciona la rutina de las dificultades. Advertí que los abogados alemanes de G. se preocupaban de la puerta principal y los pasillos, sin importarles una puerta lateral que comunicaba al garaje. Más tarde supe que, cuando ellos aparecían, otro abogado de los alemanes, se apostaba en el garaje vigilando esa salida. Los sujetos tomaron el ascensor y nosotros subimos por la escalera.

-¿Es la gente de la plata?

-Sí- dijo Beate-. ¿Cuánto crees que llevan?

-¿Cuánto? No sé. ¿Trescientos?

-Más. Cargaban un maletín. No debe bajar de los 350 mil euros.

Por ese tiempo comenzó el frío. Eran los primeros días de octubre, ya se hablaba del otoño y los abogados seguíamos en la calle cagados de frío. Pero el calorcito, agazapado, seguía ahí, se movía dentro de nosotros, lo sabíamos madurando en su letargo. Hasta que una mañana, en que pesqué uno de esos resfríos que te hacen doler los huesos, apareció una repentina nevada. Ese día comprendí que me sentía verdaderamente hastiado del trabajo que hacía.

CAPÍTULO 6
"Mi no entiendo español"

Voy a decir una boludez, inevitable, de esas que suenan a greguería naroskiana. La vida es dura y uno en consecuencia se vuelve duro, pero hay cosas que siempre resultan chocantes. No sé bien a qué responde esto. Quizá tenga que ver con la educación que tuve o con alguna sensibilidad desarrollada en la infancia. Lo cierto es que yo, cuando alguien pronuncia ciertas groserías, siento un fastidio rayano en la imbecilidad. Y me obligo a superarlo siendo aun más desagradable.

Algo de eso me ocurrió cuando me enteré que Adalberto no era el único batilana en los alrededores de Stuttgarter Platz. Los abogados de G. me habían visto llegar del brazo de Beate, y al día siguiente la bola rebotaba entre la gente del equipo. De ahí, ni bien nos encontramos en la calle, el gordito G. empequeñeció los ojos y, dejándome sentir una vez más su aliento cargado, me preguntó si a Beate le gustaba dar alaridos cuando tenía el pito adentro o si se limitaba a conservar ese aire tan de ella, tan altanero. Lo miré, y mi boca se llenó de saliva en un instante. Pero no escupí. Me limité a tragar mi avinagrada saliva y reí celebrando su ingenio. El gordito estaba *en plan* provocador, nuevamente hablaba sin dirigirme la mirada y todo indicaba que seguía un libreto destinado a sacar lo peor de mí.

-Te han visto los chicos -continuó-. Y dicen que a Beate y a ti se los veía muy acaramelados; pero les parece que ella está caminando un poco raro. ¿Le estás dando por el culo?

-Sí- sonreí-. Me la *garcho* con el mismo fervor con el que me agarró tu hermana.

-¿Mi hermana?

- Bueno, no sé si era tu hermana o tu señora. Pero lo

cierto es que me terminó sacando punta al lápiz.

G. se puso serio.

-No te hagas el gilipollas.

-Lo mismo te digo.

Se hizo un silencio, y el gordito, metiendo las manos en los bolsillos, miró adustamente el suelo. A corta distancia, aunque sin alcanzar a oír nuestra conversación, sus abogados bostezaban y se aburrían.

-De acuerdo, Leopoldo -dijo unos instantes después, levantando la mirada y aprobando conciliadoramente con la cabeza-. Veo que aprendes a mantener el control, y tampoco eres de los que se achican. Eso es importante. Pero esto no es lo más importante.

-Ya lo sé.

-¿Ah, sí? ¿Qué es lo que sabes?

-¿Crees que hay que ser un genio para eso? Por favor... Estás pensando que Beate se puede ir de boca.

-Eso es lo de menos. Me preocupa lo que harías tú con esa información.

-Para tu tranquilidad, Beate no habla nada del negocio.

-No te creo.

-Ella sabe para quién trabaja.

-¿Y tú lo sabes?

-Sé todo lo que tengo que saber.

-Ahí es donde te equivocas – dijo. Prefiero que sepas más. O estás con nosotros o no lo estás... .¿Qué tal si te ascendemos?

-¿Qué quieres decir?

-Lo sabrás a su tiempo. Por ahora sigue con tu trabajo y cuida que no vengan a ti ideas muy brillantes a la cabeza. Aquí hay que ser opaco. La única que puede brillar es Frau F.. Puedes destacar, pero no al extremo de llamar mucho la atención. Me basta y sobra con que estés atento y discreto. Y otra cosa: por mí no hay problema en que tengas algo con la tres pelos, si sabes cuál es tu lugar.- El gordito miró mi fajo de billetes que sostenía en una mano y cambió de tema-. ¿Necesitas más?

-No. Hoy pasa poca gente.

-Bueno, te veo más tarde- dijo dándome una palmada-. Ya hablaremos.

Lo seguí con la mirada hasta que se perdió por Wilmersdorfer Str. Y no me quedé dándole vueltas al asunto. Las cosas estaban lo suficientemente claras como para cometer la tontería de sacar los pies del plato.

Más tarde, durante un rato, estuve contemplando detenidamente los ajetreos de la multitud. Era uno de esos días en que todos andaban apurados y tropezaban. A veces, el escaso tránsito se atascaba; otras, los autos pasaban como bólidos. Y entonces, a escasos metros, fui testigo de una extraordinaria confusión. Muy pocos se percataron del incidente.

Sentada en una silla de ruedas, una mujer mayor avanzaba por la vereda. Un chico de unos doce años, seguramente su hijo, empujaba la silla. Y de pronto, tras un bache, una de las ruedas pequeñas de la silla se zafó y salió rodando hasta chocar contra los pies de un individuo. Alarmado ante su madre que parecía a punto de caer al suelo, el niño pidió ayuda. Ni siquiera se fijó a quién se dirigía. Era un loco mugriento que, en esos momentos, buscaba molesto algo imaginario que se movía en el aire. La interrupción del niño lo desconcertó, y se rascó unos segundos la nuca. Cuando la madre se dio cuenta de la situación, ya era tarde: el loco había recogido la rueda y se dedicaba a colocarla en su sitio. Lo hizo con sorprendente habilidad y rapidez, asegurándose de que los tornillos estuvieran bien ajustados. El niño aguardó en silencio a que terminara su trabajo y luego, mirándolo a la cara, le dijo:

-Muchas gracias, señor.

Lo mismo hizo la madre, aunque su agradecimiento sonó un tanto atolondrado, y pronto madre e hijo se marcharon. El loco permaneció un rato perplejo. Cuando se volvió, vi que tenía las mejillas arrasadas de lágrimas. Su rostro, sucio e inexpresivo, era un espectáculo desolador. ¿Qué lo había conmovido tanto? ¿El hecho de sentirse útil? ¿O acaso experimentar otra vez la sensación de ser tratado como una persona? ¿Cuánto tiempo había pasado sin que alguien le dijera señor o le diera las gracias por algo?

Tal vez me estoy poniendo sentimental. No lo sé. Pero éstas son cosas que vienen con el trabajo. Son parte de la calle, y no hay manera de evitarlas. Se supone que deben enseñar algo, que se nos brinda la oportunidad de ser más abiertos ante el mundo. Eso es pura mierda. Quienes saben de lo que hablo no ignoran que la calle, a la vuelta de la esquina, ofrece también otras lecciones más contundentes.

Llegó con toda la brutalidad que puede concentrarse en un puño humano. Fue un golpe feroz e impecable, directo a la boca del estómago. Alguien había salido de las sombras de un portal y en un instante yo estaba doblado sobre mí mismo, sin aire, desorbitados los ojos y con la certeza de que no saldría bien parado de aquella situación. Pero logré salir. Y esa noche me dije que aquel ataque en Berlin era, entre otras cosas, el peaje mínimo que solía pagar la gente confiada y desguarnecida que todavía se aventuraba a a dar un paseo, que pensaba como una persona normal y no como un aguerrido comando de G. & F., que confundía penosamente la audacia irresponsable con el verdadero coraje. ¿Qué debía hacer? Lo que varias veces había considerado, merced a los consejos de muchos de los abogados y del propio G., y también varias veces había postergado. Necesitaba comprar un arma.

Un mal sueño fue la causa de todo. Me había acostado temprano, fatigado por un día de poco movimiento, y se me apareció en sueños un tipo que, en medio de un parque desierto, me observaba moviendo una ceja. No era un tipo extraño, no, pero sí bastante peculiar. Tenía ojos atentos, papada doble y un pelo largo y lacio que le caía sobre los hombros, aunque acusaba, en la parte superior del cráneo, una calvicie incipiente. Yo sabía que su rostro me era conocido, pero no conseguía recordar cómo y dónde lo había visto. Entonces se abrió el saco y dejó al descubierto un fulgurante cinturón empedrado de diamantes que le sujetaba los pantalones. Esa imagen me aterró. Cegado por el resplandor de esos adornos, muerto de pánico, eché a correr y, al cabo de unos instantes, desperté.

Ya sé que el sueño es un poco ridículo, pero lo importante fue el desasosiego que me dejó. Beber un vaso de agua, a manera de conjuro, no dio resultados. Tampoco podía recurrir a la compañía de Beate, que hubiera sido tan reconfortante, pues seguía bajo la marcación estricta de Frau F.. Esto me llevó a consultar mi reloj, vi que recién eran las diez de la noche y decidí salir a tomar un poco de aire. En cosa de minutos me encontré en la calle y pronto arribé a la esquina de Kant Strasse con Leibniz Strasse. La iniciativa de mi rumbo tenía un fondo pecaminoso. Me habían dicho que por Olivaer Platz se atestaba de putas por las noches, y eso me animó a hacer un merodeo de inspección. Ya las calles se veían bastante oscuras. Algunas estaban completamente en tinieblas a causa del racionamiento berlinés de energía eléctrica; otras, se iban apagando poco a poco a medida que desocupaban las últimas oficinas de los alrededores.

Esquivando un río de transeúntes, llegué a la Kurfurstendamm y me dirigí a tientas buscando compañía. Como muchas otras calles, con tramos oscuros y luminosos, no mostraba señales de vida. Y excepto un leve olor a desinfectante que flotaba en el aire, parecía una calle común y corriente y no la avenida principal del oeste berlinés, con tiendas y bancos de renombre. Pero no lo era. Pasando los primeros veinte metros, en dirección a Adenauer Platz, advertí que las luces habían sido inutilizadas y, cuando llegué a la mitad de la cuadra, donde empezaba la más densa oscuridad, supe que la soledad de la calle era aparente. Comprendí en un instante la gran tontería que había cometido y pensé en retroceder. No hubo tiempo. De las sombras del portal salió el salvaje puño que me arrojó a tierra y me mantuvo una eternidad encogido en el suelo, mientras alguien, que me movía y daba vueltas como se cambia de pañales a un bebé, comenzaba a revisar con absoluta calma el contenido de mis bolsillos.

Lo que más recuerdo (y se me aparecen vívidamente los colores violeta, rojo, azul, verde) son las blusas de las putas que acudieron en mi auxilio. Unas seis mujeres aparecieron furiosas, dos o tres de ellas con linternas, y la primera en llegar, que parecía la más joven, lo hizo empuñando una especie de garrote. Mi atacante se esfumó, llevándose mi calculadora de mano y unos papeles sin importancia, guardados en un estuche que al tacto daba quizá la impresión de ser una billetera. El dinero, que no pasaba de cincuenta euros -mi capital lo escondía en una tubería rota del departamento- , lo cargaba en una media.

Las putas me ayudaron a incorporarme, lanzando todo tipo de denuestos contra yonquis y ladrones que espantaban la

57

clientela. Luego, alumbrándome el camino, me hicieron pasar al zaguán de una pensión. Era un lugar miserable, con el suelo sin pulir y que conducía a un auténtico laberinto en penumbra. De alguna parte, que no lograba ubicar, provenía un rumor de risas y melodías de lenta cadencia. Cuando poco después las putas convinieron que yo ya había recuperado el aliento, comenzaron a exhibir *a la luz vacilante de las linternas* su afiatada coreografía, todas sus artes del coqueteo y la insinuación. Algunas, sobre todo las gordas y envejecidas, cuyos escotes profundos y maquillaje tupido no hacían otra cosas que acentuar su decadencia, tenían el semblante de la tipa pertinaz, capaz de cualquier trastada. Pero yo no estaba para críticas. Me sentía agradecido y las reconocía como mis salvadoras.

Una morocha espigada, vestida con minifalda, tacones altísimos y que todavía tenía todo en su sitio, optó por una táctica más estimulante. Se me acercó mordiéndose el labio inferior y de pronto, como quien atrapa a un animal que intenta huir, me agarró el sexo por encima del pantalón. Mantuvo ahí su mano unos segundos escrutando mis ojos con seriedad, indudablemente a la espera de un brillo que ella conocía bien y que, según me daba a entender, terminaría por zanjar aquel episodio de la noche.

En ningún momento, desde luego, se me pasó por la cabeza que las cosas podían tener semejante desenlace. El único ser que por entonces me interesaba plenamente era Beate. Pero ciertos sentimientos del género humano suelen usar un radar independiente que capta los mensajes más remotos del corazón. De manera que fui yo el primer sorprendido cuando, tras exhalar un genuino bufido de semental, me encontré diciéndole:

-Quiero que me hagas las cosas que le has hecho al

hombre que más has querido en tu vida.

La morocha sonrió, excusándose.**y que las cosas, el orden dentro del interminable caos que eran sus vidas, retornaba el curso que les correspondía**

-Mi no entiendo español. Aber...

Fuera de todo ánimo de competencia, las demás putas se mostraron extrañamente complacidas. Como si pensaran que se había "desfacido" un entuerto o un accidente de trabajo, y que las cosas, el orden dentro del interminable caos que eran sus vidas, retornaba el curso que les correspondía. Permanecí con la morocha un par de horas, abrazándome a ella con la pasión del hombre que ha vuelto a vivir, y luego me despedí sin prisa, haciéndole bromas cariñosas y hasta pagando con generosidad. Naturalmente, regresé a casa tomando el máximo de precauciones.

El tipo que vislumbré en mi sueño, aquel tipo con ojos atentos y pelo largo, se me presentó otra vez, pero en esta oportunidad me hallaba muy despierto y en una calle adyacente a Fehrbelliner Platz, abigarrada de comercios, puestos, camiones repletos de carga agrícola-biológica y uno que otro borracho a destiempo.

Era una mañana extrañamente soleada, y yo estaba caminando con uno de los abogados españoles recién llegado a Berlin. Tomás, que así se llamaba el colega, se la pasaba saludando a compatriotas cada diez metros. Estaba conociendo el barrio a la perfección, pues antes de radicarse había viajado como estudiante en alguna ocasión. Muy a mi pesar, Tomás actuaba como un ilustrado cicerone. Me indicaba, por ejemplo, dónde conseguir porro o merca de la más variada calidad y cantidad, dónde desayunar más barato o conseguir periódicos en español. Lo que nosotros buscábamos, sin embargo, no pertenecía a ese submundo. Tomás y yo nos movíamos más bien dentro del área legal de los puestos al aire libre que, por increíble que parezca, incluía, junto a la venta de atuendos de enfermeras y policías, uniformes de militares de diversos rangos. En estos puestos, también -lo que los transformaba en unas surtidas boutiques para toda clase de delincuentes-, se vendían pistolas, revólveres y ametralladoras. Después de examinar varias armas, la mayoría con los números limados, elegí un revólver Colt calibre 45. Y entonces, al momento de pagar, sobrevino la imagen de mi sueño. El individuo de los ojos atentos, papada doble y ralo cabello largo, que se me hacía tan familiar, era la versión masculina de Angela Merkel.

El asunto me pareció gracioso. Pero no así lo concerniente a la transacción. Llevarme el arma, una caja de municiones, una sobaquera y una nueva calculadora de mano, significó que me desprendiera de una buena cantidad de euros.

-!No seas amarrete!- me recriminó Tomás cuando nos regresábamos en la Línea 7 del U-bahn hasta Stuttgarter Platz, bajando en la estación Wilmersdorfer Str.- Has comprado un buen fierro, tío.

-¿Estás seguro?

-Estoy más que seguro.

-¿No hubiera sido mejor una pistola?

-De ningún modo. Las pistolas buenas son muy caras. Y el revólver, si bien no es tan preciso, resulta más fiel, más seguro... De cualquier manera, siendo revólver o pistola, una cosa es clara.

-¿Qué?

-A partir de ahora vas a ser otra persona.

En ningún momento dudé de aquel profético comentario, pues por varios días me mantuve en un estado de excitación y envanecimiento. No sabía qué hacer con el revólver. Me lo ponía sujeto al cinturón o en la cartuchera debajo de la axila, sin decidir cuál era el lugar más apropiado, o bien lo limpiaba y lo cargaba y descargaba a cada momento. Llegué a sentirme Boogie el aceitoso.

El gordito G. me dio algunos consejos. Me dijo que lo que estaba haciendo era lo que él siempre recomendaba. Que debía acostumbrarme a sentir el revólver en mi mano, a conocer su peso y las diversas temperaturas del metal. A sentirlo un objeto tan cotidiano como el llavero o la calculadora. Más adelante, a inicios de una tarde que presentíamos floja, me llevó al bosque de Grunewald donde, en una hondonada rodeada de dunas, hicimos prácticas de tiro disparándoles a cajas de cartón que el gordito lanzaba por el aire. Mi puntería no era muy buena, pero con seguridad le hacía dos agujeros a todo bulto en movimiento a menos de cinco metros.

Ciertamente, el arma me convirtió pronto en otra persona. Y en los alrededores de la estación de trenes de Charlottenburg, de hecho, me afianzó sólidamente. Si bien yo no era mal visto, se veía a la legua que algo me faltaba. Eso cambió de repente, y lo confirmó en forma notable la actitud de los abogados de G.. De un momento a otro empezaron a mirarme con cordial e igualitaria simpatía.

CAPÍTULO 7
"A orillas del Wannsee"

Ya muchos habrán pensado que no es gratuito que me dedique a hablar de un revólver de morondanga. Están en lo correcto. La adquisición de aquel arma, en realidad, no sólo trastornó algunos aspectos superficiales de mi vida, sino que determinó lamentablemente mi destino. En días casi sucesivos me dotó con los atributos de una persona respetable, un tipo atractivo, un hombre peligroso y, finalmente, un inmigrante desgraciado.

Lo más desconcertante, en ese torbellino de cambios, fue la reacción inicial de la tres pelos. Yo no le había dicho nada sobre el revólver, y en una de sus noches libres, que la pasó conmigo tres pisos más abajo de su casa, se levantó silenciosamente cerca de las tres de la mañana. Llevaba puesto una de mis camisetas viejas, a la manera de pijama, y se abrazaba a sí misma temblando de frío. Inmóvil y mudo, a fin de no revelar que estaba despierto, la seguí con la mirada.

Pude ver que entraba al baño y aparecía de inmediato una línea de luz debajo de la puerta cerrada, oí el chorro de su orina, constaté luego que la línea de luz desaparecía y, con el mismo sigilo, la vi retornar al dormitorio camino a la cama. Entonces, por alguna ignota razón, se detuvo unos instantes. Acto seguido, avanzó como una sonámbula hacia una de las cómodas, ubicada junto a la ventana y tocada aquella noche por una claridad lunar que le confería una apariencia inusitada, casi sobrenatural, atraída por un cajón semiabierto. Se acercó al cajón, lo abrió suavemente unos centímetros más y miró adentro. Lo que miraba era el revólver, que yo había dejado sobre una pila de ropa interior recién lavada, aunque la palidez de su rostro y su manera de llevarse una mano a la boca transmitían una intensa conmoción. Parecía más bien que había descubierto una araña o una rata. Durante uno o dos minutos, sin moverse del sitio, estuvo mirando el revólver. Después volvió a la cama, empezó a besarme el pecho y, al cabo de un rato, se hallaba montada encima de mí, erguida y agitándose, como dominada por una fuerza irresistible, y haciendo unos sonidos raros que le salían del fondo de la garganta, una especie de rugido semejante al de alguien que no pudiera respirar. Me puse nervioso y le mordí un brazo. Pero ella siguió ahogándose, como si nada más existiera, como si estuviera rezándole a un dios desesperado.

A la mañana siguiente me desperté oyendo el tintineo de una cucharita que golpeaba una taza. Me había traído el desayuno a la cama. Ya estaba vestida y, rápidamente, se preparaba para volver al trabajo.

-Anoche encontré un revólver en uno de los cajones -me dijo mientras se peinaba-. ¿Es tuyo?

-Sí. Lo compré hace dos días.

-Buena idea- comentó con indiferencia. Berlin se está poniendo feo. -Y se despidió.

Por un momento no supe qué pensar. Era evidente que Beate se comportaba de un modo distinto, pero aún no me era posible medir los alcances de esa mutación. La frialdad de su mirada, su seca manera de tomar distancia, me recordaba a la mujer aún desconocida, aquella que había visto hace mucho entrando al edificio con una bolsa de hacer mandados. Sin embargo, bastaba que se diera una vuelta y, repentinamente, volvía al presente, gracias a una ligera sonrisa o a un efímero bizqueo al revisar la limpieza de sus uñas. Esta constante fluctuación me mareaba.

No quiero que se crea que yo estaba buscando en la mañana -ignorando olímpicamente una ducha rápida y todo ese reacondicionamiento que hay que hacerle al cerebro antes de salir a trabajar- a la misma mujer ardiente de la noche anterior. Claro que no. Pero tampoco me esperaba ese ánimo que pendulaba entre la vitalidad y la apatía y que signara los días siguientes. Beate actuaba como si padeciera una ininterrumpida menstruación de veinte días. Todavía, en aquella mañana, yo no imaginaba la vigorosa ilusión que entrañaba cada uno de sus actos.

Fue en esa semana también que Adalberto echó una nueva luz sobre su pasado. Una tarde, en que Adalberto y yo estábamos en la calle, frente a la escuela de alemán y en un corrillo de nativos y turistas que observaban a un polaco de mirada vidriosa quejándose de que lo habían estafado, divisé a lo lejos que Beate se dirigía al Lentz. La miré durante unos segundos, hasta que se extravió entre la multitud. Yo había reparado en que Beate salía vestida de calle una vez a la semana, por lo general los miércoles o jueves. Como conocía su aversión a los uniformes, aquel detalle no me llamó la atención. Además, como a veces yo sólo la veía salir o bien sólo la veía entrar, nunca conseguí presenciar ambas cosas en un mismo día, lo que me impidió hacer un cálculo del tiempo que pasaba afuera. Ese tiempo aproximadamente era de cuatro horas. Así lo aseguraba Adalberto que, en el colmo de lo entrometido, solía cronometrarle desde hacía un año esas salidas extraordinarias.

-¿Encargos para Frau F.?- pregunté.

Adalberto me miró como si fuera el último de los pelotudos ganador del concurso mundial de pelotudos.

-Tú sí que eres gilipollas, Leopoldo, que no te enteras de ná- dijo meneando la cabeza- ¿Acaso no sabes que se va a Lichtenberg?

-Ah, sí- sonreí, recordando que cuando la acompañé a Lankwitz me dijo que su madre vivía en Lichtenberg-. Va a la casa de su madre.

-¿A la casa? ¡Se va a la cárcel de Lichtenberg! Va a ver a su madre pero a la cárcel. La visita todas las semanas y le lleva revistas y comidas. ¿Nunca te ha hablado de eso? Su madre es una vieja jodida, muy guapa en su época, dicen. Cayó hace dos años por trapichear *farlopa*. Tenía uno de los huecos más transitados de Hasenheide.

Decididamente, los tipos como Adalberto son asquerosos pero necesarios. Me irrita tanto reconocerlo... Me recalienta admitir que sus chismes me esclarecieron muchas cosas... Cosas fundamentales como, por ejemplo, que Beate no era una mentirosa. Aquella historia de su madre languideciendo en una playa del Ostsee era lo más distante a una mentira. Ella simplemente había querido imaginarse que le tocaba vivir una infelicidad menos sórdida, que era posible suplantar una vida triste por otra menos triste. Yo sabía que hay cierto tipo de mujeres que no pueden vivir si no se ven bien ante el espejo. Y también hay otras, más melancólicas, que requieren que esa ficción del cuerpo se refleje en el alma. ¿Estaba Beate entre las últimas? ¿Era realmente todo lo que yo me figuraba?

No tardaría en saberlo. Pero antes, y con lujo de detalles, se me daría la oportunidad de conocer algunos desbordes de mi propio temperamento.

Aunque G. no volvió a mencionarme lo del ascenso, hizo algo que, en opinión de Beate, se orientaba en esa dirección. Una noche, tras asegurarse que llevaba el revólver, me pidió que lo acompañara hasta Potsdam.

-No me gusta ir solo- dijo. Y poco después, mientras nos trasladábamos en su auto, se refirió a la ausencia de sus abogados en un intento de hacerme más clara la situación.- Los chavales han sido llamados para ayudar en un trabajito. Son cosas de rutina.

Encerrado en su mutismo, G. encendió la luz interior y se enfrascó en la revisión de unos papeles. Ponía en orden las cuentas de la lavandería. Así las llamaba él, y así se las conocía en el ambiente. Pero lo que no se conocía, y aquel misterio avivaba la imaginación de muchos, era adónde iba el gordito cuando salía hacia Potsdam. Únicamente se hablaba de una suntuosa y legendaria residencia a orillas del Wannsee. La opulencia de quienes la llevan, vista desde abajo, desde el llano, siempre se exagera. Pero esta vez, al menos en lo que a mi entender significa todo aquello que pueda comprar el dinero, no se me ocurría qué otra cosa pudiera desear si yo fuera el propietario de lo que alcancé a ver esa noche.

Cuando el auto se detuvo ante la residencia, G. me hizo saber que disfrutaba de un privilegio.

-Muy rara vez nos juntamos aquí- dijo en tono circunspecto. Yo me limité a chasquear la lengua. Pero a lo mejor él interpretó mi gesto como una muestra de admiración, pues enseguida se volvió inesperadamente locuaz-. A Pocho no le gusta... -prosiguió-. Bueno, a nadie le gusta llevar el trabajo a su casa. Él nos recibe por lo común en su despacho, por la tardecita. Seguramente hoy algo lo ha demorado, y por eso cambió el lugar de la cita. Yo he venido aquí tan solo tres veces, y una vez, en el verano pasado, me pidió que fuera a su casa de playa en Mallorca.

La fachada de la residencia no se veía desde la calle. Un alto muro, coronado de un extremo a otro por un alambrado eléctrico, dejaba ver apenas algunos árboles que asomaban del jardín delantero y, de no ser por el macizo portón de la entrada de autos, cualquiera que no tomara mucha atención habría pensado que se trataba de un terreno sin construir. El gordito G. tocó el timbre y pegó el oído al parlante del intercomunicador.

-¿Quién es?- interrogó desde el interior una voz neutra y gangosa.

-Mi agenda -repuso G..

-¿Y dónde está mi agenda?

-En Berlin.

-¿Y quién tiene mi agenda?

-Frau F., genau wie immer.

-¿Y cual es el lema favorito de Frau F.?

-Ich habe Hunger.

La contraseña me tomó de sorpresa. ¿"Ij jabe Junga"? Hasta ahí llegaba con este idioma cada vez más extraño para mí. Y me sorprendí todavía más cuando la voz cobró súbitamente una festiva animación.

-¿Eres tú, gordito de mierda?

-Sí.

-Espera un rato. Voy a guardar los perros.

-Apúrate- rumió G., de buen ánimo, y luego me informó acerca de su interlocutor-. Es Hans Dieter, el jefe de seguridad.

Estuvimos aguardando casi cinco minutos, lo que me pareció excesivo, pero sirvió para que G., contento ante la proximidad de codearse con los grandes, continuara aflojando otro tanto sus reservas. Me puso en situación diciéndome que el dueño de casa se llamaba Pocho Halls, y lo describió como un importante hombre de negocios, dedicado principalmente a la importación de guitarras eléctricas, bombos legüeros y productos típicos argentinos. Este prodigio de los negocios -decía G.- se había hecho solo o, si se quiere, se había "rehecho", pues procedía de una familia distinguida de "tu patria". Él había escuchado que su apellido se remontaba a los tiempos de las invasiones inglesas y que nació y creció llevando siempre un tren de vida acomodado, pero lo poco que tenían, lo habían perdido durante unas malas maniobras financieras familiares. Y eso constituyó el acicate que lo impulsó, de manera agresiva, a recuperar e incrementar su fortuna.

Debo decir que la historia de Pocho me sonaba a la clásica fantasía que oficia de tarjeta de presentación de los nuevos ricos que se esfuerzan en mejorar su pasado. Más tarde, no obstante, comprobé que todo era verdad. De cualquier modo, en aquellos momentos, mi interés por Pocho, no sólo no era cuestionado en lo más mínimo, sino que, por el contrario, había llegado a su punto más alto cuando el gordito lo relacionó distraídamente a dos de sus negocios menores: una compañía de locación de abogados para empresas y edificios donde alquilaban cuartos al por mayor.

De inmediato empecé a atar cabos. Los abogados transnacionales, los apartamentos minúsculos donde se apiñaban aquéllos en Charlottenburg, las remesas de dinero. Se podía deducir vagamente la mecánica del negocio, pero de ahí no se pasaba. Entonces el gordito, que a estas alturas oía extasiado los lejanos ladridos de la jauría de perros que Hans Dieter intentaba acallar, me proporcionó la pieza que faltaba en ese pequeño rompecabezas. Pocho también registraba entre sus bienes un aserradero en algún lugar no muy lejos de Berlin.

En alguna de esas altisonantes conversaciones de bar que los abogados acostumbran convocar, alguien había aludido a los estrechos vínculos de Frau F. con la gente del aserradero. Se dijo entonces que Frau F. pretendía descender de rubios y sonrosados inmigrantes alemanes afincados en Almería, y que una de sus hijas, hija no del gordito G. sino de un empresario serbio, estaba en pareja con el patrón de un aserradero. Dos más dos, si la calculadora de bolsillo no me falla, son cuatro, me dije, y chisté satisfecho creyendo que ya conocía a los dueños de la pelota. Conocía apenas un ridículo porcentaje. Eso era hallarse bastante más cerca, en efecto, aunque sólo más adelante pude entrever que aquello y unos cuantos detalles que daban una idea de todo lo que se movía por detrás, sería lo más cerca a lo que podía llegar, dado lo complicadas que eran las cosas.

Hans Dieter nos hizo pasar, no sin antes deslizar un par de inquietas miradas al exterior. Era un hombre corpulento y de gruesos bigotes, vestido con traje, y que tenía la pinta más perfecta de mano de obra desocupada. Nos recibió con una ametralladora en una mano y un walkie-talkie en la otra. Cruzamos en su compañía el jardín delantero, lleno de frondosos árboles y exóticas fuentes de agua en piedra tallada, mientras a lo lejos se nos iba revelando, conforme avanzábamos, el iluminado frente de una moderna casa provista de enormes ventanales y terrazas en distintos niveles. Cuando faltaban veinte metros para alcanzar la entrada, Hans Dieter cambió el rumbo. Dimos entonces una vuelta por el lado derecho de la casa y, en algún momento, pasamos delante de un corral alambrado donde, a fin de proteger a las visitas, se recluía a los perros. Conté ocho doberman negros y babeantes, con unos ojos relucientes como aceitunas. Más que la ferocidad de unos minutos atrás, me impresionó el apacible silencio de su cautiverio. Hacían pensar en el lado salvaje de la quietud y el silencio humanos.

Tras unos minutos por un tramo en penumbra, cerca de un amplio garaje que albergaba dos automóviles último modelo y que no logré discernir de qué marca eran, así como una de esas pesadas y ostentosas camionetas con múltiples antenas, vidrios polarizados y llantas de magnesio, doblamos por fin hacia el jardín posterior, ingresando a una explanada cubierta con un césped prolijamente cortado y matizada con tres leves colinas artificiales. A uno y otro lado, desde distintos puntos, luces deslumbrantes destacaban la magnificencia del gimnasio, la espléndida piscina, la burbujeante pileta del jacuzzi, las parrillas, la cancha de tenis y la lejana glorieta. Todo estaba iluminado como si fueran a dar una fiesta. Sin embargo, era una noche normal, como muchas noches en aquella casa.

-Así es el gusto de Pocho- me dijo con voz apagada G.-. Le gusta la alegría de la luz.

Entramos luego a la cocina, un recinto amplio con un comedor diario, vecino a una estancia abierta donde funcionaba un centro de vigilancia electrónica. Allá, frente a un panel con una docena mínimo de monitores, hallamos a tres tipos armados, que no se molestaron en saludarnos cuando nos vieron entrar. Estaban mirando una pelea de box por televisión, y de vez en cuando uno de ellos contemplaba los monitores que reproducían diversos ángulos de la casa y los jardines.

-¿Qué quieren tomar? -preguntó Hans Dieter-. Tenemos cervezas y gaseosas.

-Cervezas- dijo G.. Yo asentí en señal de que tomaría lo mismo.

Y por casi dos horas estuvimos bebiendo. Pero en ese tiempo pasaron varias cosas. En primer lugar, el gordito comenzó a manifestar, cosa que nunca le había visto, un tic nervioso muy extraño. Hacía girar dos veces la cabeza sobre su propio eje y luego abría unos segundos los ojos y la boca como si se le hubiera presentado Frau F. en pelotas. Ni Hans Dieter ni yo dijimos nada, pero ambos, para evitar la incomodidad, nos pusimos un rato a jugar a las cartas.

Luego, se produjo algo más interesante. Estábamos todos frente al televisor, mirando el noticiero, cuando se abrió violentamente la puerta que comunicaba al comedor. Todos nos

70

sobresaltamos -Hans Dieter se levantó como un resorte de su asiento- y nos quedamos mirando la puerta por donde nadie aparecía. Y en eso, se oyó una risa como una cascada de canarios, verdaderamente musical y contagiosa, y enseguida se vio una mano de mujer de uñas larguísimas y pintadas.

-Hans Dieter -cantó la voz.

Pasados unos instantes entró una mina de ensueño. Alta y esbelta como un junco, de largos cabellos rubios, con unos ojos de un azul purísimo y una radiante sonrisa de aviso publicitario de minuto odol en el aire. Calculé que no tendría más de veinte años. Vestía un ceñido traje de noche negro y un collar de perlas.

-¿Dónde dejó el señor Pocho la bombonera? -preguntó con una deliciosa voz ronca, y se volvió hacia alguien que la aguardaba en el comedor-. Espérame un segundo... -y otra vez hablándole a Hans Dieter-. ¿Sabes de lo que hablo? Quiero la bombonera.

Hans Dieter, que estaba como congelado en el tiempo, hizo un gesto de no entender. La piba quiso dar unos pasos, pero se tambaleaba y tuvo que apoyarse en la pared.

-Tengo que salir a una fiesta -agregó la pendeja. Yo pensaba que había venido de una-. Es una bombonera rosada.

-¿Rosada?

-Rosada, con una bailarina en la tapa.

-¡Ah, claro que sí! -dijo entonces Hans Dieter, como aliviado de darse cuenta-. Está en el cajón del bar, señorita. Déjeme ver- salió precipitadamente de la cocina.

La chica le siguió los pasos. G. hizo el ademán de aspirar algo con la nariz y sonrió. Pero unos momentos después reanudó su tic nervioso y, no bien se sintió a salvo de que lo oyera, se dirigió a uno de los ayudantes de Hans Dieter.

-¿Quién es la chica? -indagó.

-Una amiga nueva- dijo el ayudante-. La conoció hace dos semanas y a veces se queda a dormir.

Cuento todas estas tonterías porque pienso que, en cierto modo, influyeron en mi conducta de las horas que siguieron. Los lujos de la casa, la bella y joven y drogada mujer y las otras beldades de Berlin y alrededores que el tal Pocho debía coleccionar, entre las que supuestamente se incluía la hija de Frau F., me empezaron a romper las pelotas. A todo eso, había que añadir la espera. Y también la sensación de que me estaba metiendo en un kilombo demasiado grande para mi gusto.

Una vez que la chica se marchó de la casa, sonó el teléfono y Hans Dieter contestó. Era Pocho y nos mandaba a decir que no sabía cuánto tiempo iba a demorar. Pidió que por favor lo disculpásemos y que, si queríamos, pasásemos al bar de la sala a tomar los tragos que se nos antojaran, pues pensaba volver a la casa en cualquier momento y no quería dejar de vernos.

Como niños entusiastas y traviesos, cuatro personas entramos a la sala y nos instalamos en el bar, sentándonos en las banquetas más altas. La custodia de la casa había quedado a cargo de los dos ayudantes de Hans Dieter, y el tercero se vino con nosotros. Hans Dieter estaba pletórico. Abrió de inmediato una botella de whisky etiqueta negra, llenó un balde de hielo y sacó de un estante unos pesados vasos de cristal. Toda esta operación la admiraba cuidadosamente el gordito G. como si Hans Dieter estuviera manipulando un cofre repleto de diamantes.

-Esto no se bebe todos los días -me dijo G..

De manera que arrancó una bacanal de alcohol de los finos. Todo el whisky que no han bebido a lo largo del año, anunció Hans Dieter, lo pueden beber ahora. Era un verdadero arreglo de cuentas. Y bastaron apenas dos horas para que el gordo se pusiera a pasear haciendo brindis y curiosas reverencias ante una gran ampliación fotográfica adosada a la pared.

-!Por tus huevos y tu buena salud, Pocho! -exclamó G., y levantó su vaso hacia la fotografía. En ella se veía un tipo en ropa de playa trepado a una tabla hawaiana y remontando una ola impresionante. Parecía uno de esos musculosos bronceados de esos bronceados que no se obtiene sino con muchas horas de sol al pedo.

-¿Ese es Pocho?- pregunté yo.

-Sí- contestó Hans Dieter, compartiendo el estado de ánimo de G..

Me bajé del taburete y examiné la espectacular imagen durante unos segundos.

-Ya sé lo que no me convence- dije después-. ¿Se han dado cuenta? Pocho tiene cara de chochán... Miren la forma de la nariz y la boca.

Mi apreciación no fue bien recibida.

-¿A qué te refieres? -interpeló G..

-A la nariz y la boca- repetí-. ¿No les parece?

Indudablemente no les parecía, pero seguimos tomando otros whiskys y a Hans Dieter le dieron ganas de poner música. Resonaron por media hora varios temas alemanes de los sesentas y que emocionaron al ayudante de Hans Dieter, quien tarareaba las canciones con expresión arrobada. Yo aplaudía y me reía mucho. Entonces, el gordito frunció el entrecejo y preguntó:

-¿Qué pasó con la bombonera?

-Mejor la olvidas- dijo Hans Dieter-. La chica se llevó todo.

Y así empezaron los problemas. Hans Dieter se puso tristón y permaneció con la mirada fija en mis zapatos. Comprendí que estaba borracho como el diablo. Yo, en todo caso, no me sentía tan empedo como él.

-Te has estado fijando en mis dientes -me dijo-. Nadie puede evitarlo. Todo el mundo se fija en mis dientes.

-¿Qué tienen tus dientes? -interrogué con gran curiosidad.

-Son postizos -replicó-. Por esos se ven tan blancos y parejos.. ¡Me costaron un huevo y medio!

La conversación era entre Hans Dieter y yo, y G. y el ayudante la seguían con expresión bovina como quienes ven un partido de tenis.

-¿Y qué pasó con los verdaderos?

-Los perdí en un accidente -ceceó Hans Dieter-. Pero eso tiene sus ventajas, ¿sabes? No te molestan más las caries.

Reflexioné un instante sobre lo que me había dicho. Y de inmediato, apoyando las manos sobre mis rodillas, lo miré con total desenfado.

-Voy a decirte la verdad. No estoy de acuerdo.

-¿No estás de acuerdo?

-Sí, no me parecen agradables tus dientes. Son demasiado hermosos. Uno se da cuenta en seguida que son falsos.

G. se tomó su whisky de un solo trago y Hans Dieter se incorporó lentamente de su asiento.

-¿Quién eres tú para decirme esto?- me increpó el tipo alzando la voz-. ¿Te crees dentista, *arschloch*?

-Me gustan los dentistas -contesté. La cabeza me daba vueltas y Hans Dieter lucía a cada momento más enojado-. Hay un refrán muy famoso que inventó uno de ellos. ¿Lo conocés? ¡Perro que ladra no muerde!

-¡Qué estupideces dice este idiota!

-No son estupideces.

-!Oye, gordito! -gritó Hans Dieter mirando a G.-. ¿De dónde has sacado a este pobre imbécil?

Acá se rompió el equilibrio. Sentí que me hervía la sangre y, sudando de furia, pegué un gran salto hacia atrás. Entonces me di cuenta de que tenía el revólver en la mano y de que, con un temblor creciente, apuntaba a la cabeza de Hans Dieter. El tipo alzó un pie, lo que me puso aún más nervioso, y en eso tropecé y se me escapó un tiro que le pegó a una de las botellas de atrás de la barra.

Acto seguido entraron los otros ayudantes que habían estado en el centro de vigilancia. Llevaban sus armas amartilladas, y todos nos quedamos helados. Y en ese trance, mirándonos unos a otros, volvió a sonar el teléfono. Lo dejamos repicar unas cuatro o cinco veces, sin movernos un milímetro, hasta que Hans Dieter, armándose de valor, se decidió a contestar.

-Sí- dijo Hans Dieter absolutamente ecuánime-. Todo normal... Sí... Entiendo... No, no lo creo... Está bien, les diré que vengan el próximo martes. Tchuss.

-¿Era Pocho? -preguntó G..

-No vendrá- dijo Hans Dieter-. Ha tenido que salir de viaje... Debes venir la próxima semana, gordito -y mirándome de reojo-. Ya pueden guardar sus armas, muchachos. Es hora de irse a dormir.

Los ayudantes de Hans Dieter obedecieron la orden, y yo también hice lo mismo. Y pronto G. me hizo una seña para que moviéramos el culo. Salimos de la casa cuando despuntaba el alba, aturdidos, percibiendo un intenso olor a lago en el aire. El regreso a Berlin lo hicimos en silencio. G. me dio a entender que, en lo que concernía a mi trabajo, nada había cambiado.

Pero las cosas, como ya dije, no iban a ser iguales nunca más. Unas horas después, en la noche de ese mismo día, Frau F. aparecería muerta en el suelo de su casa y a mí me encontrarían desmayado, con sangre en las manos, a unos metros de su cadáver.

CAPÍTULO 8
"Toda la plata que necesitamos"

Algunas personas parece que nacen con un gen perverso o una oscura predisposición del ánimo, que de pronto comienza a funcionar en un aciago momento de debilidad. Si fuera así, lo mío comenzó hace tanto tiempo que ahora resulta imposible recordarlo. Pero de lo más reciente, sin lugar a dudas, tengo alguna idea..

Tomemos la mañana del mismo día que regresamos a Berlin. Yo me había encontrado con Beate en los pasillos del edificio, en uno de esos encuentros relámpago, y le conté en pocas palabras lo ocurrido en Potsdam. Ella se divirtió como loca.

-¿Y el señor G.? -dijo convulsionada por la risa-. ¿Se moría de miedo?

-Todos teníamos miedo. Y a lo mejor yo era el que estaba más asustado. Pero lo cierto es que a todos se nos pasó la borrachera.

Continuamos charlando un rato, y luego Beate cambió el tono y la manera de mirarme.

-Lo más probable es que te hayas hecho de un enemigo, Leopoldo. Y eso será un obstáculo.

-¿Un obstáculo? ¿Un obstáculo para qué?

-Para mejorar -dijo con amargura-. Para salir de esta mierda de vida... ¿No quieres dejar esto?

La suerte me pasaba de lado, y yo ni me interesaba en mirarla. Aquélla fue mi primera oportunidad desperdiciada. Y al mediodía, cuando nos encontramos otra vez, desaproveché la segunda oportunidad.

-Leopoldo, necesito hablarte -me dijo entonces mirando con rabia hacia la calle-. Hace un rato te dije que todo esto era una mierda, ¿no?

-Sí, lo dijiste.

-Bueno, podemos hacer algo. ¡Larguémonos de aquí!

-Entorné los ojos, pensando que era uno de esos días en que Beate se ponía insoportablemente obsesiva.

-Hablaremos más tarde de esto -dije.

-No.

-¿Pero qué te pasa? Parece que pensaras irte hoy.

-Eso pienso.

-Estás loca.

-No -dijo-. Lo tengo planeado. Podemos ir para Frankfurt Oder y luego salir hasta Polonia.

-¡Pero Beate, por favor!

-Sé que tienes ahorros -argumentó con vehemencia-. Y yo también los tengo. Un amigo trabaja en una agencia que te puede sacar de aquí y luego de Polonia por unos pocos miles de euros.

-¿Tienes esa plata?

-Una buena parte. El resto lo puedo conseguir.

-Se necesita más dinero, mucho más. Hay que contar con un fondo que te permita instalarte en algún sitio más o menos decentemente y conseguir un trabajo... De todos modos, lo tenemos que pensar. Hablaremos más tarde.

No fui capaz de dilucidar la importancia crucial de su turbación. Y no sólo porque, de haberlo hecho, hubiera creído que dramatizaba en extremo las cosas. Intervenía también una cuestión física. Yo lo oía y hablaba todo en un auténtico estado de ingravidez, ya que casi no había dormido, a lo sumo un par de horas, y ya llevaba media mañana pateando Stuttgarter Platz y Wilmersdorfer Strasse buscando hispano-parlantes para ofrecer asesoramiento jurídico, explicarles que se podían hacer negocios en Alemania sin hablar alemán, yo era la prueba viviente de ello. Era otro de esos días en que la crisis europea se complementaba con los vaticinios en diarios y revistas sobre el inminente descalabro del euro.

Por ello, a eso de las seis de la tarde, sentía que reventaba de cansancio. Y regresé a mi edificio. Fue entonces cuando noté a uno de los bogas que vigilaba la puerta del garaje y deduje que la gente de las remesas se hallaba adentro. Esto me alegró. Pensé que Beate, concentrada en atender a las visitas, no le dedicaría tanto tiempo a sus angustias. Y yo podría dormir tranquilamente. Pero no bien entré al departamento, comprendí que nada era como lo imaginaba. Había una nota en el suelo, escrita a mano: "Sube a verme. Ha ocurrido algo horrible. Es urgente. Beate".

Con la nota en la mano me dirigí rápidamente a la casa de Frau F. y del gordito G., que estaba tres pisos más arriba, trepando las escaleras de dos en dos. Llegué casi sin aliento y, cuando me disponía a tocar, advertí que la puerta estaba abierta. Dudé un instante, pero luego la empujé cautelosamente y entré. Estaba muy oscuro, las sienes me palpitaban y percibí, en tanto me aproximaba hacia el medio de la habitación, una atmósfera sofocante. No había dado más de cinco o seis pasos cuando mis pies chocaron con algo. Y entonces oí la voz de Beate, un intenso susurro mezcla de súplica y apremiante mandato, que brotó simultáneamente con la luz de una lamparita que ella acababa de encender.

-No tenemos mucho tiempo -dijo.

La miré fugazmente, de costado vi que su sombra se proyectaba desmesuradamente sobre una pared, y luego permanecí anonadado observando que todo el suelo estaba cubierto de billetes de quinientos.

-¿Me estás oyendo?

-Beate... -dije sacudiendo la cabeza, confundido-. ¿Qué

carajo está pasando?

Ella se me abalanzó como si hubiera caído o estuviera a punto de caer a un abismo.

-¿Sabes cuánto hay ahorita ahí? -dijo tomándome de los brazos. No sólo estaba alterada, sino vestida de una forma bastante inusual. Llevaba puesto un abrigo largo, que nunca le había visto, y un pañuelo de seda que le envolvía la cabeza y cuyas puntas anudaba debajo de la barbilla dejando entrever dos de sus tres pelos aunque sin exteriorizar la verruga-. Toda la plata que necesitamos, ¿entiendes?... ¡Ayúdame a juntarla! ¡Apúrate! -y unos segundos antes de internarse en el departamento, continuó-. Vuelvo enseguida. Voy a traer una maleta.

¿Cuánto tiempo estuve aguardando que volviera? No lo sé. Apenas me viene a la memoria que mientras recogía incontables billetes de quinientos euros, ignoré los más obvios y elementales interrogantes respecto a las ausencias de Fray F. y de los abogados que la visitaban con la guita de las remesas. Ni siquiera me pregunté qué se proponía Beate. Tan sólo me veo, de rodillas sobre el suelo, apilando febrilmente los billetes en fajos y oyendo las trepidantes pisadas de Beate que, vaya a saber por qué motivos, iba y venía de una habitación a otra. Todas las pisadas retumbaban con un ritmo desenfrenado, excepto las últimas que pude oír, muy cercanas a mí, a mis espaldas. Comenzaba a levantar la cabeza para ver qué pasaba, y en eso sentí que todo se volvía negro y que mi cuerpo se desvanecía, se desplomaba, se ablandaba infinitamente.

Cuando recuperé el conocimiento, me acometió un horrible y agudo dolor de cabeza, una especie de latido punzante que me atacaba la base del cráneo. Me hallaba tendido en el suelo, donde ya no se veía un solo billete, y no podía creer lo que me estaba pasando. Miraba mis manos manchadas de sangre, la sangre de una mujer vieja y apestosa de raza blanca, cuyo cadáver reposaba a unos palmos sobre el brazo de una butaca, con la cabeza y los cabellos teñidos pegajosos de sangre pendiendo en el vacío. Frau F., vestida de camisón, con una agenda apretada contra sus senos y unas chinelas a cuadros, mostraba una profunda herida en la frente.

Ante mí, escrutándome desde arriba, enrojecían de ira el gordito G. y uno de sus abogados. Este patético dúo era consultado por un rudo sujeto a quien desconocía, pero que supuse acertadamente debía ser uno de los responsables de las remesas para Frau F.. El tipo se estaba informando. Durante un par de minutos pude oír, en medio de todas las puteadas que alcancé a percatar, un resumen sumario de mis amoríos con la tres pelos, mi carácter irascible y mi frustrada tentativa en la noche anterior de mandar al otro barrio al tal Hans Dieter.

El monigote carraspeó, y de inmediato comenzó a darme una sucesión de patadas -no muy fuertes, eso sí- en las costillas.

-¿Ya estás despierto, querido?- preguntó después.

Intenté levantarme, pero uno de sus pies me aplastó con firmeza el pecho.

-Quédate como estás -ordenó-. Y habla. Esto lo hicieron tú y la mucama, ¿no es así?

-¿A qué te refieres?-musité.

-¡Al dinero, desgraciado! Mataron a Frau F. para llevarse la remesa, pero luego tu putita con tres pelos te traicionó. ¡Dime exactamente dónde se encuentra esa hija de puta!

A decir verdad, su razonamiento era implacable. Era tan transparente y lógico que, por un momento, me dieron ganas de levantarme y estrecharle la mano para felicitarlo. Por supuesto, no llegué a tanto. Pero conseguí liberarme de su pie y me incorporé, sentándome en el suelo, mientras con una de mis manos me masajeaba la nuca.

-¿Vas a hablar o no?- insistió el tipo.

-Yo no sería tan tonto de hacer una cosa así -dije.

Me arrimó otro puntapiés, y uno de ellos me pasó rozando la cabeza. De nuevo caí al suelo.

-¡Eso que ves ahí es tu revólver! -enfureció señalando mi arma que, a duras penas, divisé sobre una mesita de centro. Tenía la culata ensangrentada-. ¡Cuentas con un minuto antes de que empiece a masacrarte!

Hay una especie de lucidez desbocada, que se abre paso en la bruma, cuando uno atraviesa por trámites peliagudos. Mis pensamientos se atropellaban, martillaban ruidosamente en mi cerebro en tanto recapitulaba los hechos, conjeturas y posibles significados. La mujer de G. estaba muerta y el dinero, al igual que Beate, a quien consideraban mi cómplice, había desaparecido. Tampoco se encontraba la nota de Beate. Pero se me hacía difícil creer que ella me hubiera tendido una trampa. De todos modos, no estaba seguro de si los pasos lentos que alcanzara a oír antes de ser golpeado eran de ella o de otra persona. ¿Podría Beate haber estado en combinación con alguien? ¿Me esperaba esa persona oculta tras una puerta? Era posible. ¿Y de no ser así?

Digamos que nos pescaron con las manos en la masa, y se sintieron inspirados. Y ahora nos incriminaban. A ella la quitaron del medio, se llevaron el dinero y a mí me cargaban el muerto, la muerta. Ella y yo -amantes, vinculados al negocio y, al menos en mi caso, con antecedentes de empuñar un arma si algo me irritaba- estábamos hechos a la medida. Nadie tendría razones para creer que no éramos culpables. Y cualquiera de ellos, incluso el sujeto que tan brutalmente me interrogaba, podía ser el beneficiado. ¿Por qué no pensar que algunos de ellos estaban fingiendo?

Me imaginé entonces cómo podían haber sacado el dinero. Si se trataba de la gente de las remesas, en el mismo maletín que normalmente retornaba vacío. Y si eran el gordito y sus abogados, bastaba con esconderlo en algún lugar seguro del edificio. En cuanto a deshacerse de Beate, era casi un juego de niños. El gordito la podía haber fondeado en uno de los tantos recodos siniestros de Wannsee, como medida provisional, en tanto que de haber sido los otros la metían directamente en el baúl del auto. Más adelante, para los dos casos, se ocuparían de que Beate no apareciese nunca más y fin de la historia.

Claro que la conducta de Beate resultaba aún más sospechosa. Cuando la encontré estaba sola y, por si fuera poco, luciendo un pintoresco atuendo que evocaba a las amas de casa turcas o a las amantes clandestinas. Aunque esa ropa, entre tanta gente mal vestida del centro, no desentonaba del todo si se consideraba la cantidad de personas que entraban y salían del edificio, lo cual dicho sea de paso le habría facilitado rajarse con la maleta llena de billetes, sin ser identificada.

Pero ni que decir que tales presunciones no importaban nada. Respecto a lo acontecido ya primaba una versión oficial, el punto de vista de ellos, y según me daban a entender éste era irrebatible. Su versión sostenía que la remesa había sido entregada, el dinero minuciosamente contado -con la habitual colaboración de Frau F. y Beate- y que, una vez firmados los recibos, los lavanderos se habrían retirado. Pero no abandonaron el edificio, pues uno de ellos, encargado de recoger unos libros de contabilidad del estudio de abogados, demoró la partida del grupo. Y así, quince minutos después, se dieron con la agitación de los distinguidos colegas de G. -los primeros en presentarse en la escena del crimen-, quienes les informaron sobre la gravedad del suceso y de mi comprometida situación. En suma, el asunto olía a mierda, el mundo olía a mierda, mi vida olía a mierda.

CAPÍTULO 9
"Lo que no se puede decir"

Y aún seguía tirado en el suelo.

Indudablemente, no tenía la menor esperanza de salvarme de otra lluvia de golpes. La intuía inevitable. Como resulta inevitable un terremoto o una tormenta. Los cerebros de aquella gente, incluidos los de los abogados y el del propio G., no pesaban más de cuatro kilos, pero comandaban cientos de kilos de trabajado músculo. Y sus pensamientos, si así se me permite llamarlos, solían regodearse en las diferentes formas de romper huesos. Además, al cabo de un rato de babear contra el suelo, ya no me sentía inocente del todo. Me sentía resignadamente un pelotudo que había entrado en la vida de la tres pelos como quien se equivoca de puerta. Y ahora estaba pagando ese descuido.

Por eso me puso los pelos de punta que el tipo rudo me tendiera una mano. Me ayudaba a levantarme. Comprendí que mis previsiones se habían quedado cortas. No iban a empezar dándome una buena paliza, sino que estaban preparándome un tratamiento especial.

-Nos vamos de aquí- gritó, y luego me empujó hacia la puerta-. Ahora quiero que sonrías y que camines tranquilo, ¿está claro?

Asentí y todos dejamos el departamento. Éramos unas seis personas. Me indicaron que me pusiera en el medio y así recorrimos varios pasillos y bajamos escaleras. Pero no se nos veía muy naturales. Ellos avanzaban con una impávida cara de poker, mientras que yo, acatando sus instrucciones, me esmeraba en sonreír como quien se va al mazo.

-Voy a avisar a la policía -dijo G. en algún momento.

-¿Llamarás a Herzbogen? -indagó el tipo rudo.

-Sí. Es el mejor para estas cosas.

-Está bien.

Yo seguía sonriendo. El tipo rudo, emparejando mi paso y hablándome al oído, acotó:

-Pero tú no te hagas ilusiones. La policía no va a significar ningún alivio para ti. Ellos y nosotros somos de la misma familia. Somos socios, ¿me captas? No creas que vas a ir a parar a una comisaría o a salir en los periódicos. Nada de eso. Ni siquiera la pobre Frau F. saldrá en los periódicos. Para quien le interese ella murió de vieja y tenemos un médico que lo va a certificar. Pero de ti, si no hablas, todos sabrán que moriste cortado en pedacitos y con un palo en el culo. Así que mejor suelta la lengua.

Mi sonrisa, por entonces una mueca exacta, debía dar lástima. Pero nadie reparó en nosotros, excepto un vendedor ambulante de Bratwurst -el típico pancho alemán- en el momento que ingresábamos al garaje del edificio, que me dispensó una mirada asombrada. Luego, me hicieron subir al asiento trasero del auto, ubicándome en el centro y obligándome a mirar el suelo durante todo el trayecto. El viaje duró alrededor de una hora. Y cuando levanté la vista advertí que me encontraba en una especie de cementerio de automóviles.

Llantas y restos de autos polvorientos se hallaban diseminados por diversos rincones. Al fondo se veían dos pequeñas puertas. Una de ellas daba a un cuarto sucio y húmedo, con una cama desvencijada y algunas sillas de plástico blancas. Ahí me ataron las manos con una soga y, no bien hicieron pasar el otro extremo de la cuerda por encima de una viga del techo, se inició el despegue. Empezaron a colgarme. Me desmayé en menos de dos minutos, pero esa gente no respetaba el sueño ajeno. Un baldazo de agua fría me devolvió poco después a la somnolienta miseria de seguir viviendo y a recordar, con un inoportuno sentido del humor, que unos días antes G. me había ofrecido la posibilidad de un ascenso. Aquel recuerdo me hizo sonreír.

-Te crees muy macho, ¿no?- se calentó uno de los abogados de las remesas.

No contesté. G. ya no me miraba con ira, sino como a un hijo que acaban de sentenciar a muerte. Sin embargo, continué en silencio. Y para la siguiente colgada, en las que arreciaron las preguntas sobre Beate y el dinero, resistí algunos minutos antes de perder el conocimiento.

Cuando desperté de esa segunda inconsciencia, oí que hablaban entre ellos.

-Este asunto no es broma -se lamentaba uno-. Se ha llevado más de un millón.

-¡Hijos de puta! ¡Pero lo que no entiendo es por qué ella estaba tan metida!

-Era la empleada de Frau F. -murmuró el gordito G., cuya voz reconocí fácilmente-. Bueno, una empleada muy particular. Me refiero a que era más bien una protegida.

-¿Por qué? ¿Algo las unía?

-No lo sé. Pero Frau F. era una inútil y estaba bastante encariñada con ella porque le resolvía no pocos desastres. La tres pelos es una chica despierta, con quien se puede conversar, y Frau F. necesitaba compañía.

-¡Este argentino de mierda cree que está en un hotel! -volvió a la carga repentinamente el tipo rudo, a quien también reconocí-. ¡A ver, deja ya de dormir! -Unas palmadas en la cara me forzaron a abrir los ojos-. Muy bien, muy bien. Así me gusta -y dirigiéndose un instante a los demás-: Ya lo tenemos de vuelta, muchachos. ¿Listo para hablar, maricón? ¿O quieres volar otra vez?

Terminaban de izar mis brazos cuando entraron dos hombres vestidos elegantemente. Entonces ocurrió una gran casualidad. Esas cosas que suelen pasar y que solamente al momento de suceder se las admite como posibles: uno de los hombres dijo que me conocía. Era un individuo pelirrojo y pecoso, de mirada vivaz, penetrante, ataviado con un saco azul, mocasines marrones y un pañuelo de seda al cuello. El tipo, que olía demasiado a loción de afeitar, se había quedado observándome con expresión atónita.

-Sí, no me cabe duda -dijo después, aproximándose a estudiar mis facciones-. Claro que lo conozco. Tú eres Mazzini, el bueno de Mazzini. Te decían Charango en Madrid, ¿no es cierto? -y aflautando un poco la voz, añadió-: ¿Me equivoco? ¿Alguien cree que me equivoco?

-No- intervino el gordito G.. Miraba al pelirrojo con mucha inquietud y no sabía qué hacer con sus manos-. Se llama Leopoldo Mazzini.

El tipo rudo pegó un estirón a la soga y otra vez quedé con los pies suspendidos en el aire. Sentí cómo crujían las inflamadas coyunturas de mis brazos en tanto que un intenso dolor me nublaba la mente.

El pelirrojo, ahora sonriente, se propinó con una mano un ligero golpecito en la frente.

-¡Qué increíble!- exclamó inflando el pecho de orgullo por su buena memoria-. Francamente lo recuerdo bastante bien. Me acuerdo que en la inmobiliaria se lo pusieron seguro de pura envidia. Alguien conocía el apodo y como es argentino se lo endilgaron. Charango: mitad animal, mitad madera. Él sólo respondía: "Leidis, no me rompan las pelotas".

Me colgaron un metro sobre el suelo y de golpe me dejaron caer. Transpiraba, me sangraban las muñecas y, a causa de la última caída, las rodillas me ardían a morir.

-¿Te acuerdas de mí, Charango? -susurró el pelirrojo. No sabía quién carajo podía ser aquel tipo, aunque ya no me cabían dudas de que, fuera quien **fuese**, disfrutaba enfermizamente viendo sufrir a sus congéneres-. Mírame bien. ¿No te acuerdas?

Lo miré con la misma intensidad con que él clavaba sus pupilas en mí y temiendo que todo fuera parte de una elaborada puesta en escena, montada exclusivamente para confundirme. Hasta que de pronto, como si me hubieran sacado del más oscuro y profundo fondo de un pozo, un chispazo relumbró en mi mente y, al instante siguiente, comencé a balbucear...

-¿Vaca salvaje?

-No te oigo.

-¿Vaca salvaje?- repetí.

-¡Charango! -vibró de entusiasmo aquella sucia cucaracha-. Soy Vaca salvaje, al que no hay quién le pueda sacar la leche, todo mérito tuyo el sobrenombre, hijo de puta.

-¿Eres Vaca salvaje?

-¡El mismo!- casi gritó Vaca salvaje-. ¿Ya te acuerdas? Estuvimos juntos en una de las tantas inmobiliarias en las que sobreviviste en Madrid.

La cucaracha era un archivo viviente. Me recordaba de puro memorioso. Yo, en cambio, podría haber dicho que tenía buenas razones para recordarlo. Él había sido el principal captador y vendedor de la zona de la milla de oro en el barrio de Salamanca.

Un nudo de angustia atenazó mi garganta. Yo no quería evocar nada de aquellos días. Nunca me había sentido tan terriblemente solo, ni tan triste, ni tan vacío por dentro. Nunca hasta que llegué a Berlin.

-¿Qué pasa que no contestas?- Vaca salvaje se agachó para mejorar su perspectiva. Veía borrosa su cara y me acometieron calambres en la barriga. Su crueldad, desde un punto de vista técnico, surtía efecto, pero yo todavía contaba con recursos-. ¡Mira, Charango, ahora debes hacer lo que te dicen! ¡Habla!

Una sensación de náuseas me obligó a incorporarme y apoyé un codo en el suelo. Vaca salvaje apestosa cucaracha -tendría doble apellido- sonrió. Yo vomité. No tengo palabras para describir el enorme placer que me produjo ver que mi vómito salpicara su pantalón.

Horas después, mis captores consintieron en darle un descanso a su sadismo. Y casi al instante se me cerraron los ojos. Concilié un sueño de mala calidad, con varias vueltas, ronquidos de congoja y sudores fríos. Me sentí pésimo. Pero no bien retorné a la vigilia, sacudido por la que creía otra de mis pesadillas, me sentí mucho peor. No había podido huir de mi sueño. La realidad y mi pesadilla eran la misma cosa. Mi situación era similar a la de un lúgubre dibujo -no recordaba dónde ni cuándo lo había visto-, en el que los personajes abandonaban una habitación y luego subían varios peldaños de escaleras para reaparecer en la misma habitación de la que habían salido. Yo me encontraba en un cuartucho inmundo y con un pie encadenado a una cama de metal, cuyas patas se hallaban enclavadas en el cemento. Las diferencias entre ambos estados -la realidad y el sueño- no eran más que detalles. Estando despierto me sentía más débil y con la sed de alguien extraviado en el desierto. Y estaba temblando.

No tardé en montar en cólera y me puse a agitar escandalosamente la cadena.

-¡Escuchen, leidis! -vociferé a todo pulmón -¿Qué mierda les pasa? ¿Creen que soy el conde de Montecristo? ¡Vengan a sacarme la poronga esta de cadenas! ¡Vengan de una puta vez, si quieren que les cuente dónde está el dinero de sus patrones!

Logré oír voces y ruidos de gente en movimiento al otro lado de la puerta.

-¿Y, leidis? ¿Qué dicen? -añadí-. ¿Vienen o no? ¿No les interesa que largue todo?

Curiosamente, nadie se tomó la molestia de acudir a mis llamados. Opté por reservar energías y permanecí un buen rato contemplando el advenimiento del amanecer que se filtraba en hilachas de luz por unas hendiduras del techo.

Poco después, mientras manipulaba con un alambre el candado del grillete, percibí que llegaba hasta mí el reconfortante aroma de un café recién preparado.

-Bueno, chicas, no se preocupen -dije entonces en tono de falsete-. Me conformo con un desayuno liviano. Quisiera un par de huevos fritos, café negro y tostadas. Nada de azúcar, eso sí, porque estoy cuidando la línea... ¿Qué dicen? ¿No se animan a venir, leidis de mierda y la reputísima madre que los reparió?... No, no quieren hacerlo.

Y a partir de ese momento todo cambió.

Las cosas empezaron a ocurrir una tras otra, de manera acelerada. Se abrió de golpe la puerta del cuartucho y entraron unas ocho o más personas, fumando y bebiendo café, conversando entre ellas. Hablaban de sus cosas sin el menor recelo. Como si yo no existiera o, si se quiere, como si tuvieran la certeza de que pronto dejaría de existir. No los podía ver bien. La luz, que ahora entraba a chorros, me cegaba. Con intención de proteger mis ojos me hice una visera con la mano.

Identifiqué a Hans Dieter. Comentaba la muerte de Frau F., indicando con preocupación que, en las últimas horas, la competencia entre los estudios jurídicos conocidos se movía por todos lados. Circulaba el rumor de que iban a destapar la noticia del robo y del crimen. Su propósito, como siempre, era adueñarse de buena parte del mercado. Pero el tipo rudo le cortó la charla a Hans Dieter. Los diarios que realmente cuentan están entongados, le dijo, y se han tomado las seguridades.

Y se pasó a otro tema. Alguien se empezó a quejar de la marcha del equipo de fútbol local, el Hertha BSC. Otros impugnaban las cualidades futbolísticas del equipo de Guardiola.

Todas las cabezas se orientaban hacia un individuo cuyo rostro se difuminaba en la sombra. Estaba vestido de blanco y no decía nada. Se limitaba a beber su café. Pero yo sabía que era el único que me miraba. Detrás del denso humo de cigarrillos, al final de un callejón de hombres que le rendían pleitesía, su figura imponía respeto.

-¿Y bien? -dijo Vaca salvaje-. ¿Qué piensas?

Parsimonioso, a paso seguro, el hombre de blanco fue saliendo de las sombras. Me costó reconocer al tipo de la foto en la residencia de Potsdam. Se le veía un tanto avejentado.

-Pocho- dije-, Pocho Halls.

El hombre dejó caer lentamente los párpados.

-Conocí a unos Halls en Argentina- proseguí, como si estuviéramos en un cóctel-. Tenían varias chacras y estancias. Gente muy simpática, cerealeros. Y había una chica de mi edad, Merche, que era un encanto. ¿Son parientes?

-Merche es mi prima hermana- dijo Pocho con una modulada voz nasal.

-No la veo hace mucho.

-Es un gilipollas- dijo Vaca salvaje.

-Eso parece -convino Pocho, y nuevamente se dirigió a mí-. Sólo quiero saber si te estás cagando de risa de nosotros.

-¿Cambiaría algo si digo no?

-No.

-Entonces prestá atención. Te sugiero que le vayas diciendo adiós al dinero que perdiste.

Pocho se rascó el lóbulo de su oreja izquierda, meditativo.

-Lo pensaré- repuso sin que su rostro demostrara la menor alteración-. Siempre he sabido que hay un dinero que dura y otro que no dura. Pero éste no es ninguno de los dos. Éste es un dinero que busca sangre -y se dio media vuelta.

No se iban a ganar un Oscar ni un puto Goya, pero la gran película de los modales afectados les estaba saliendo muy bien. Claro que a estas alturas yo me sentía bastante harto. Se requería de un vuelco en los acontecimientos o bien de un método menos sórdido para tirarme de la lengua. La incertidumbre los corroía por dentro. Disimulaban, desde luego, pero no sabían todavía cómo moverse. Por lo menos, me dije, podrían empezar por dejarme solo. Como si me huiesen leído el pensamiento, Pocho y su séquito abandonaron la habitación, y durante la siguiente hora volví a mi pertinaz manipuleo del candado con el alambre. Pero luego me sorprendieron con novedades. Se decidieron a ponerse malos de verdad.

Un camarero con chaqueta blanca, pantalón negro y moño también negro se apareció cargando una bandeja de plata que contenía un humeante entrecot de ternera a las brasas. Instaló una mesita frente a la cama, le puso un impecable mantel blanco, unos platos de madera, unos cubiertos de plata, una alta copa de cristal, un platito de chimichurri y una botella de vino tinto. Luego me sirvió la comida en el plato y me llenó la copa de vino. Y con sobria amabilidad, me preguntó:

-¿Desea algo más, señor?

-Agua y jabón- contesté acomodándome para rendir los

honores al inesperado banquete.

-En seguida, señor.

No se tardó ni un minuto en reaparecer con una palangana, una toalla pequeña y una pastilla de jabón. Me lavé las manos. Comenzaba a degustar el primer bocado cuando un delicado y bellísimo sonido fue invadiendo gradualmente todo el recinto. Era una voz de una pureza y una dulzura incomparables, una música sublime, el dichoso gemido de un ángel retozando en las nubes.

-Bonita voz -comenté.

El camarero, que parecía aguardar una eventual orden mía, se adelantó unos pasos.

-Es Gabo Ferro -dijo-. Canta un fragmento de *Lo que no se puede decir*, del disco La primera noche del fantasma. Escuche:

"Y ahora mirá, mirá, mirá, mirame bien,
es que no puedo, no quiero, no puedo, no quiero, no puedo hablar.
Voy a entregarme a tu mirada, solo a tus ojos nomás.
Lo que no se puede decir, se muestra. "

-¿Le gusta Gabo Ferro, señor?

-No sabía que me gustara. Suena fantástico.

-Al señor Pocho le gusta mucho. Especialmente ese fragmento que acabamos de oír.

Terminé mi plato, repetí y me bebí la botella de vino completa. Para los postres, me sirvieron un flan con dulce de leche que olía a casero y a recién hecho. Café y un licor de orujo. Me sentí realmente muy bien.

-¿Le gustó, señor?

-No se da una idea cuánto.

-Eso le complacerá al señor Pocho -sonrió comenzando a retirar el servicio-. Ah, y lo olvidaba... Tengo un encargo que darle. Me pidió que le dijera que usted parecía una persona

94

bastante sensible. Que no debía olvidar que la vida es hermosa.

CAPÍTULO 10
"La idea que se hacen todos"

Dos días después de la bacanal cedió el puto candado y me escapé. No lo podía creer. La cosa se me hizo demasiado fácil. Mi adolorido pie se libró del grillete, que se abrió como una flor, y ni siquiera tuve necesidad de forzar la puerta ni de cruzar algún espacio con vigías a la vista. Sin embargo, lo acepté a ojos cerrados, dado que aquel no era el momento más indicado para detenerse a reflexionar. Para salir tan sólo me bastó empujar un par de tablones flojos de una pared de la habitación.

El remedo de cementerio de automóviles se hallaba en medio de un jardín cercado por una tapia. Entre tanta chatarra, había dos autos aparentemente en buenas condiciones estacionados y no se veía a nadie. Uno de ellos tenía las llaves puestas. Era el auto en que me habían traído. Con el mayor cuidado, me subí y comencé a rebuscarlo como un *chorro* de poca monta. Sobre la consola encontré varias monedas, el sencillo que se acumula para los parkings medidos y, en la guantera, cosa que percibí por un instante como una alucinación, mi propio revólver. Estaba cargado. Lo tomé y me lo puse en la cintura. También me guardé las monedas. Luego, con la mano en las llaves de contacto, consideré por unos segundos utilizar el auto para mi fuga, pero descarté la idea al imaginarme el ruido del motor y acordarme que no sabía manejar. Entonces, a paso sigiloso, me dirigí hacia la tapia. De un brinco felino me encaramé, prendiéndome en las enredaderas que coronaban aquel muro, y salté al otro lado.

Afuera, el jardín se prolongaba, aunque mucho más salvaje, y poco a poco me di cuenta de que estaba en lo que se llama una *Kleingartenkolonie*, misteriosamente muy descuidada. Anduve un largo trecho con la hierba hasta la cintura, espantando aves y hundiéndome a ratos en charcos de barro. Y en cosa de una media hora divisé un serpenteante camino de tierra apisonada que daba a una autopista. Yo tomé el rumbo opuesto.

A pesar del barro, todo iba bien hasta ese momento. Pero cuando llegué a otro camino, empecé a dudar de mi buena fortuna. Y pensé que me seguían. Me dije incluso que mi fuga había resultado tan sencilla porque ellos me la habían permitido. Que su plan debía consistir en seguirme los pasos hasta que los llevara donde Beate. La cosa tenía sentido, pero lo malo es que estaba solo en la carretera y no veía a nadie a un kilómetro a la redonda.

Un autobús, que se perfiló a lo lejos, me sacó de esas cavilaciones. En la medida de lo posible, arreglé mi ropa y mi aspecto. Cuando me subí, advertí que muchos de los pasajeros llevaban esa tétrica bandera tricolor y estaban borrachos. Las explicaciones, sin que yo las reclamara, me las dio el chofer del *bondi*, pues el único sitio que encontré libre fue un asiento detrás suyo.

Me pareció entender que el motivo era la victoria del equipo nacional de fútbol sobre Inglaterra.

Aquel banal comentario modificó nuevamente mis apreciaciones. Concluí que, a lo mejor, mi magnífica fuga se debía al carácter germano. Al rasgo genérico -aunque esta vez jugando a mi favor- de la más lamentable alemanidad. A la desidia, a la apatía, a la inveterada ineficiencia. ¿Mis captores se entretenían mirando el partido? No me convencí del todo. Y me prometí a mí mismo no bajar la guardia.

El bus hizo su parada final en la estación de Lichtenberg y las monedas me alcanzaron para pagar el boleto. Y hasta pude comprar un *Currywurst*. Pero quedé sin un céntimo. Y esto, si pretendía llevar a cabo mis planes, debía corregirse. Necesitaba una buena cantidad de dinero para desaparecer por un tiempo. Yo tenía ese dinero -más de dos mil euros escondidos en una tubería de mi departamento-, pero mi problema ahora era buscar la forma de entrar y sacarlo, sin que nadie me pusiera las manos encima.

Yo no ignoraba, por supuesto, lo arriesgado que era caminar por el centro. Nadie, absolutamente nadie, podía ser de fiar. Por eso mismo, a lo largo de una hora, mientras anochecía, me la pasé merodeando los alrededores de Stutgarter Platz, la parte linda y la otra. Avanzaba unos tramos y me ocultaba en los portales, cuidándome de no tropezar con nadie conocido. Pero en una de esas, cuando me aventuré por la Gervinus Strasse, del otro lado de la vía, me choqué literalmente con Adalberto. Palideció como si acabara de ver a un fantasma. No obstante, se repuso en seguida. Y tras cerciorarse de que nadie nos veía, me dijo que lo siguiera.

-¿Debía seguir a Adalberto? ¿Qué se traía? ¿No me estaría llevando a las garras del gordito G. y sus abogados? Anduve pisándole los talones unos veinte metros hasta que se metió en un mugriento edificio de cuartos de alquiler.

-Estoy en la segunda planta -murmuró Adalberto.

A juzgar por el ambiente me fui imaginando su cuarto como un infecto tugurio, pero al entrar descubrí que no estaba tan mal y hasta me pareció decorado con gusto.

-Hace media hora nos informaron que te habías escapado. -Adalberto se sentó en un cómodo sofá y me invitó a que lo imitara. Yo me mantuve de pie-. Que debíamos avisar en secretaría si te veíamos.

-Nadie me ha visto.

-Eso espero.

-¿Qué sabes de Beate? -pregunté.

-Fueron a ver a su madre a la cárcel. Y también le cayeron a unas amigas que viven en *Neukölln*. Todo fue inútil. Lo único que saben es que se ha hecho humo.

-Yo tengo que hacer lo mismo.

Adalberto se frotó displicentemente la mandíbula y se hizo un silencio.

-No puedes quedarte aquí mucho tiempo -advirtió después-. Y no pienso ayudarte.

-Quizá creas que tuve que ver con la muerte de Frau F.. ¿Te has hecho alguna idea?

-La idea que se hacen todos.

-¿Qué quieres decir?

-Que eres un gilipollas.

-Puede ser -dije-. Pero yo no la maté.

-¿Y a quién le importa ya eso?

-¿No te interesa saber la verdad?

-No.

-De acuerdo. Tú no eres amigo de nadie ni te importa un carajo nada, pero hay algo que nos conviene a ambos. Hablo de negocios.

-¿Negocios?

-Sí. Buenos negocios. Quiero que me entregues mil ochocientos euros. ¿Los tienes?

-Sabes que sí.

-Entonces te va a ir bien. Lo puedes recuperar en una hora en mi departamento. Sólo tienes que pedirle las llaves al portero y buscar una bolsa de plástico en una tubería rota debajo del lavabo del baño. Te estarás ganando más de doscientos euros sin hacer nada.

-¿Cómo sé que no me mientes?

Le mostré mi revólver.

-Si quisiera robarte, ya lo habría hecho -argüí-. ¿Qué

dices?

El licenciado en derecho en prácticas proveniente del norte de España soltó una estruendosa carcajada. Así se cerró nuestro negocio y, en consecuencia, quedó garantizada su discreción.

Acto seguido, se encaminó hacia una esquina del comedor, levantó una baldosa del suelo y extrajo un fajo de dinero. Me entregó mil ochocientos euros en tres billetes de quinientos y el resto en cambio chico, como se los pedí. Y luego, con una repentina impaciencia, me acompañó hasta la puerta dándome un apretón de manos y deseándome buena suerte. Sus últimas palabras fueron cálidas, pero su mirada, como en la estatua de Conrad Adenauer, estaba vacía. Me alejé del edificio apresuradamente sin mirar atrás.

No me tomaría más de un par de horas estar en condiciones de darme un buen baño, afeitarme y ponerme ropa nueva. Conseguí instalarme en un hotelito de Savigny Platz. No era un gran sitio, pero tampoco estaba mal.

Me dieron una habitación amplia, con ventana a la calle. Y ahí, acostado en una cama de dos plazas y aguantándome las ganas de orinar, intenté reordenar mis ideas. No eran muchas. Ya no cabían dudas de que Beate se había forzado en salir adelante a costa de cualquier cosa. Yo había sido una de esas cosas. Y por primera vez, con toda la bronca y el desencanto acumulados, me persuadí de que la tres pelos era una conchuda ambiciosa capaz de todo por salirse con la suya. Y que nada, ni la más íntima de sus caricias, había sido verdadera.

Entonces, de un momento a otro, mi cabeza se convirtió en un hervidero. Y salté de la cama hecho una furia. Descargué sucesivamente veinte puñetazos sobre el colchón y maldije otras tantas veces el día que la había conocido. Y estuve muy cerca de levantarme y cagar a patadas a una silla; pero me contuve. Temiendo que alguien pudiera creer que se trataba de una pelea, calmé mis ímpetus. Fui al baño, meé, me mojé la cara y volví a la cama. No me sirvió de mucho. De hecho, ya estaba envenenado y no atinaba a otra cosa que no fuera pensar en cómo Beate se las habría ingeniado para salir del país y por dónde y hacia dónde. ¿Lo habría conseguido? Esta era mi gran duda. Con todos los obstáculos aduaneros y policiales, con toda la red de Pocho Halls al acecho, lo veía difícil. Sin embargo, ella contaba ahora con mucho dinero, y eso abría muchas puertas. Durante cinco días, por lo menos, nadie sabía dónde estaba. Este era el tiempo transcurrido desde la última vez que nos habíamos visto. ¿Qué sería de ella? ¿Estaría en Berlin? ¿Cuál sería su plan?

Las respuestas no se encontraban en el techo, pero yo no podía apartar de ahí la vista.

CAPÍTULO 11
"En una playa junto al mar"

Blancas palomas se posaron en la cornisa de mi ventana y me despertaron. Ya me había pasado otras veces. Sus monótonos murmullos, desde que tenía memoria, me sonaban a burla cruel, a ganas de joderme la existencia. Me levanté, enervado. Y antes de las seis ya estaba bajo el chorro de la ducha, frotándome la piel como si quisiera borrarme alguna marca de nacimiento o algún tatuaje. Era una suerte de rito de purificación, iniciado con el baño de la noche anterior, y que tenía por propósito enfriarme la cabeza. Pero no obtuve un buen resultado.

A la hora del desayuno, que tomé en la cafetería del hotel, me sentí nuevamente vulnerable. Extrañaba mis mates. Pero en otro sentido, respecto al paradero de la tres pelos, me manejaba mucho mejor. Algunas ideas habían ido tomando forma durante el sueño, y pude vislumbrar el rumbo que debía seguir. Partir hacia el este. El problema de Beate, de hallarse todavía en Alemania, era dar con un refugio seguro. Guiado por algunos indicios, desprendidos de conversaciones que habíamos sostenido, inferí que podía ocultarse en una de las playas del Ostsee. Y lo primero que se me ocurrió fue el solapado escenario de una de sus mentiras. Un lugar donde, atendiendo a urgentes deseos, me enfrentaría a la verdad. A mi verdad, o a la suya, daba igual, pero teniendo a Beate delante de mí. Lo que yo quería no sólo era librarme de mis perseguidores, sino de una terca y asfixiante desolación que me revolvía el estómago.

Me fui hasta Südkreuz y de ahí saqué un ticket en un Regional Bahn hasta Stralsund, al norte de Berlin, y ya en las playas del Ostsee. Echándome mi sobretodo sobre los hombros, me imaginé la fascinación que pronto ejercería sobre mí el itinerario. Arena, mar, casitas, arena, mar, arena, arena. Desde luego, no soy un caso aislado. Es frecuente que la gente de Berlin, al entrar en contacto con aquel paisaje, acabe rendido ante su extraña belleza. Todo, en muy pocas horas, me transportó a la más etérea galaxia de la conciencia. Es decir, en ningún momento me temí que los abogados de G. y los esbirros de Pocho me atraparan.

Ese estado de abstracción, de recogimiento casi místico, duró un buen rato. Así admiré el principio del crepúsculo. Racimos de nubes rosadas, lilas, verdes, deslizándose por una inmensidad de resplandores celestes. Al incorporarme, ya con el sol a punto de hundirse en el confín del mar, redescubrí el mundo bañado por una luz dorada. Y cuando cayó la noche, con toda su espesa y tersa oscuridad constelada de guiños, me abandoné a un sereno sueño. Había llegado a destino.

No sólo ante Adalberto, sino ante mí mismo, yo ya había aceptado que podía ser un imbécil. Pero no sabía hasta qué grado de pelotudez redomada podía llegar, lo que se dice un pelotudo con experiencia, pues terminé repitiendo varios de mis errores y, en cierto modo, los enriquecí con mi flamante capacidad para recelar de todo aquel que se fijara en mí, con o sin justificación, más de cinco segundos.

Y no es que poner los pies en la arena haya sido una negligencia. Lo terrible fue cómo lo hice. Adquirí un sombrero de paja, anduve por calles principales y, tan pronto salí de la ciudad, me largué a recorrer las playas de *Usedom* hasta casi la frontera con Polonia, dando las señas de Beate en mi idioma simiesco alemán, aunque sin interrogar a la gente de forma directa (por precaución y por imposibilidad de lenguaje). Y la cosa funcionó. Al cabo de dos días, en un pueblo llamado

Heringsdorf, una matrona encargada de hotel me señaló una *Strandkorb*, esa especie de cesta**s** donde se puede sentar la gente y son realmente cómodas, se pueden tumbar y convertir en una cama y además, sirven para resguardarse del viento. Me dijo -o al menos así le entendí- que había sido alquilada tres días atrás por una chica que parecía extranjera. Pero en seguida comenzaron las habladurías y retomaron el viejo deporte de la extinta Alemania democrática, o sea, la delación y el temor ante la peligrosa presencia de un misterioso forastero con sombrero que, según unos, deambulaba por las playas y, según otros, era un desquiciado que buscaba a una mujer que nadie había visto. Lo cierto es que todo ese chismorreo puso en poco tiempo a mis perseguidores en la huella de mis pasos.

Antes de eso, sin embargo, transcurrieron veinticuatro horas que fueron de dudas, encono y desgarradora incomprensión.

Después de agradecer a la encargada de hotel, me dirigí hacia la *Strandkorb*, que se encontraba en un punto muy alejado de la playa, y tras un buen rato caminando arribé a aquélla. Me aproximé unos pasos. Miré a mi alrededor y constaté que estaba solo. A unos metros resonaba el fragor de las olas y el chillido de las gaviotas. Y pensé que, en otras circunstancias, aquél hubiera sido un buen sitio para iniciar una nueva vida. El lugar era de fábula: la arena fina y blanca, el mar azul intenso. Entonces, oí su voz.

-Te estaba esperando -me dijo.

Salió no sé de dónde. Y no bien la miré, una rabia ácida me encrespó la sangre (me acometieron unas ganas enormes de aplastar su cabeza contra el suelo, de golpearla hasta que me doliera la mano). Pero, inexplicablemente, me mantuve sereno.

Beate vestía un holgado traje de hilo blanco, muy liviano y arrugado, y unas sandalias de cuero natural. Y de hecho, no llevaba nada debajo. Su mirada me sonreía, sin que nada enturbiara su diáfana luz, pero sus labios estaban apretados y temblorosos. La veía más linda que nunca, la piel más morena, el cabello más sedoso. También, y ahora me fijé, esos malditos tres pelos de siempre.

-¿Me esperabas? -dije sin poder atenuar un sarcástico resquemor. De hecho, en ese momento, yo era el más perfecto de los simuladores. Refrenaba un sentimiento de inquina, así como un inesperado apetito sexual (que naturalmente no se avenía a la situación), con la esperanza de oír una explicación que me apaciguara-. ¿Cómo es eso?

-Eres inteligente -dijo Beate-. Yo te había hablado de estas playas.

-¿Crees que eso me basta?

-No.

-¿Por qué no me hablaste de tus planes?

-Mis planes no te hubieran gustado. La gente necesita estar desesperada para atreverse a hacer las cosas. Y yo a ti te veía conforme. Ni siquiera te interesaba mucho la idea de abandonar tu trabajo de abogado. No tenía otra salida.

-¿No la tenías? -ahogué una risa nerviosa- ¡Claro que la tenías! Por lo menos no me hubieras roto la cabeza.

-Traté de hacerte el menor daño posible -dijo la tres pelos, avanzando unos pasos hacia mí-. Pero eso era lo mejor para los dos. Era mejor que estuvieras confuso unos días. Así ganaba yo más tiempo, ¿me entiendes ahorita? Ellos se pondrían a buscarme, pero también se distraerían contigo.

Le mostré las costras de mis muñecas heridas.

-Esto fue parte de la distracción -dije.

-Yo también tengo algo que mostrarte. -Beate entró tras los yuyos que bordeaban la *Strandkorb* y salió de inmediato con una abultada mochila de lona, que colocó triunfalmente ante mis pies. Se agachó y se quedó mirándome desde abajo-. ¿No quieres mirar lo que hay adentro?

Me estremeció el latido premonitorio de estar siendo otra vez engañado... Pero miré el amontonamiento de euros en la mochila, todo un argumento de su parte, y luego la miré a ella. Ahora Beate sonreía, aunque tenía los ojos llenos de lágrimas. De todos modos, no aflojé. Tomé un fajo y pasé mis dedos por el canto de los billetes como si rasgara las cuerdas de una guitarra o mejor, de un arpa.

-Creo que me mientes -dije.

-No te miento, Leopoldo, ni tengo ahora nada que ocultar. Sé que te será difícil de creer, pero te quiero de veras... Te quiero y el dinero está ahí, míralo.

-¿Está todo? -pregunté.

Ella se desconcertó.

-Todo, sí.

-¿Cuánto?

-Son quinientos mil.

-¿Quinientos? -me extrañé-. Oí que pasaba del millón.

-¿Oíste realmente eso?- rió Beate-. Quiere decir que yo no era la única que pensaba en ese dinero. Algunos de ellos se están aprovechando.

-¿Los abogados de la remesa?

-Es lo más probable. No necesitan más que cambiar el recibo original por uno con una cifra mayor y falsificar la firma de Frau F.. La diferencia será para ellos. Es muy sencillo.

-No me gusta -resoplé- No me gusta nada.

-¿Qué?

-Si alguno de ellos, como decís vos, ha robado una parte, quiere decir que si nos agarran, nos matarán. Buscarán cualquier pretexto, no van a exponerse.

-De todas maneras nos matarían, tonto.

Hablaba de la muerte como de una amiga de la familia a la que no se tenía que temer.

-Se te ve muy tranquila -dije.

Beate suspiró.

-Porque estoy tranquila -repuso, y se acomodó el pelo sobre un solo hombro-. Y si no fuera por este clima, me sentiría mucho mejor... Leopoldo, ahora tú estás aquí. Y ya no necesito nada más. Faltan apenas unas cosas por hacer, todo lo tengo pensado. ¡No nos van a agarrar, te lo juro! Mañana, eso sí, nos tenemos que ir temprano.

Guardé el fajo en la mochila y me dirigí calmadamente hacia el agua. Me agaché, apoyé mis manos, descargando en la arena el peso del cuerpo, y contemplé la espléndida vista marina. Hacía verdaderos esfuerzos por controlar mis ganas de arrastrarla de los pelos por toda la playa.

-¿Sigues molesto conmigo?

-No puedo evitarlo.

-Lo entiendo -dijo levantando otra vez la mochila y escondiéndola tras la tupida vegetación. Cuando regresó se agarraba el pelo por detrás con ambas manos para refrescar su cuello-. Será mejor que largues todo lo que te amarga -resolvió-. Hagamos una limpieza, borrón y cuenta nueva.

-Está bien -convine ansiosamente. Reparé que comenzaba a recuperar mi identidad y a expresar fielmente lo que sentía-. ¿Qué pasaba si me mataban? ¿No pensaste que eso podía ocurrir?

-Era una posibilidad. Pero pensé que les servías más si estabas vivo.

-Hasta que te pescaran a vos.

-Eso es verdad.

-¡Eso es verdad!- la remedé, haciendo una grotesca caricatura de su voz-. ¡Qué fácil es decirlo!

-Nada de esto es fácil -murmuró.

-¡Entonces no me digas boludeces! -le increpé exaltado-. Lo he analizado por todas partes. Y no encuentro algo que te favorezca. ¿Acaso también estaba en tus planes que yo pudiera escapar?

-...

-¿Eh? ¿Qué decís a eso?

Se mantuvo en silencio unos segundos más, y su mirada volvió a empañarse. La escenita me estaba cansando.

-¡Escapé de pura suerte, Beate! Escapé.. ¡No sé cómo carajo logré escapar!

-¡Ya lo sé!- dijo, mientras volvía la vista hacia el mar-. Pero eso ya pasó.

-¡Claro que pasó! -grité-. ¡Me lo vas a decir a mí! Por eso no soporto que hayas dicho que me esperabas.

-¡No podía aguantar más, Leopoldo! Tenía que hacerlo. Me iba a ahorcar o algo peor.

Una ola enorme reventó a lo lejos, y ella se encogió como recorrida por un escalofrío.

-De acuerdo -carraspeé. Mi voz sonó hueca, quizás porque venía de las oscuras cavernas del inconsciente-. Decime por lo menos que no sos un angelito, reconocé que sos una *garcha*, una mala persona.

Ella giró sobre sus talones totalmente fuera de sí:

-¡Ya sé lo que quieres! -replicó-. Ahorita sé lo que quieres. Y sé que no vas a estar tranquilo hasta que lo consigas. ¡Quieres castigarme! ¿No es eso? ¡Quieres castigarme y no sabes cómo! ¿Por qué no me pegas? ¡Ven, ven aquí!

-¡Boluda!

-No tanto como para no darme cuenta de lo que quieres.

-*Juira, bicho. Rajá* de acá.

-¡No me voy a alejar! -chilló-. ¡Si quieres pegarme,

hazlo! ¡Vamos! Pero necesito que después me vuelvas a querer. Quiero que me quieras como yo te quiero.

-Dame una parte del dinero y me iré.

-¡No te vas a ir! -dijo, y se me prendió con todas las uñas haciéndome caer. Caí de espaldas al suelo de arena y ella cayó encima de mí, en medio de una andanada de golpes y arañazos, sentándose a horcajadas sobre mi pecho-. ¡Pégame, maldito! -gritaba-. ¡Pégame!

Un rápido bofetón le volteó la cara. Y empalmé otras tres cachetadas, cada vez más violentas y sonoras, que la tumbaron sobre mi lado izquierdo con la mirada perdida y el cabello revuelto. Entonces fui yo quien se trepó encima. Beate había dejado de atacarme y un hilillo de sangre le salía de la boca. Busqué sus ojos. Indefensa, con el pecho subiendo y bajando por la respiración agitada, me miró. Sentí como si me hubieran soltado a miles de pies de altura en un paracaídas. Un vértigo absoluto, una fuerza que me empujaba a sus labios hinchados. La besé. Me volví loco con sus labios y le bajé la parte superior del vestido. Ella respondía a mis besos con la misma excitación, sacudida por espasmos, moviendo suavemente su lengua dentro de mi boca. Y en ningún momento dejé de oír su voz, muy queda, diciendo mi nombre...

-Leopoldo.

Solo eso. Nunca había oído que lo dijera de esa deliciosa manera. Me apreté a sus senos y sus muslos. Me hundí profundamente en ella temblando de deseo.

Una hora después, en la playa frente a la *Strandkorb*, Beate flotaba mecida por las olas y volvía a reír como en los tiempos en que se colaba por las noches en mi departamento de Stuttgarter Platz. Pero ahora no estábamos en el viejo centro de

Berlin. Y tenía puesto su bikini rojo con lunares negros. Y se sentía encantada.

Por un buen rato estuvimos nadando pese al frío y jugando en la rompiente, dejándonos revolcar por la espuma entre risas y aullidos de alegría. Ella nadaba muy bien. Y todo su cuerpo, al emerger del agua, refulgía maravillosamente bajo el efecto del tímido sol. Me gustaba verla bucear y pasar entre mis piernas, me enternecía su pequeño ataque de nervios cuando se enredaba con una mata de algas.

Después, a eso de las tres de la tarde, salió corriendo del mar y me pidió que la ayudara. Retornamos hacia la *Strandkorb*, nos secamos y nos pusimos a comer *sandguchitos* que vaya uno a saber de dónde los había sacado. Y luego de comer reanudamos nuestras caricias. Pero esta vez con mucha calma, sobre una colchoneta mullida y sin permitir que ningún espacio de su piel dejara de ser tocado por mis labios.

A la caída del sol, instalados muy juntos en la Strandkorb, languidecimos por varios minutos mirando el mar, sin decirnos nada. Ella se abrazaba a mi pecho y de vez en cuando se rascaba la punta de la nariz frotándola contra la barba un tanto crecida de mi mentón.

¿Qué sentiste? -le pregunté, entonces. Ella no se movió. Sabía que me refería a un punto que no habíamos tratado hasta ese momento, pero que era imposible pasar por alto-. Beate -insistí-. ¿Por qué la mataste?

-No quiero hablar de eso ni de esa.

-Va a ser mejor, Beate. Es cosa de hablarlo una vez y nunca más.

Hablábamos casi en susurros.

-¿La golpeaste con mi revólver?

-Sí -dijo-. A ti te había golpeado con un tubo de metal. Pero al momento de caer, se te cayó el revólver de la cintura. Y lo tomé. Creo que me pareció más seguro, no lo recuerdo.

-Fue demasiado seguro.

-Yo no quise matarla -musitó-. Era una vieja jodida, pero le tenía afecto. No quise matarla.

-¿Qué sentiste?

-Apuro.

¿Apuro?

-Sí, quería terminar rápido. Frau F. estaba en su dormitorio cuando tú llegaste. Y después de golpearte a ti debía ir a golpearla a ella, pero entonces se presentó bostezando en la sala. Estaba tan borracha que no entendía lo que pasaba. Le dije que eras un ladrón y que te había golpeado. Impresionada, se sentó en una silla. Y ahí le di en la cabeza... Todo lo que sentí fue apuro. Tenía que meter el dinero en una maleta. Y no sabía en cuánto tiempo tú podías despertar.

Me quedé pensando varios segundos.

-Lo hiciste bien. No desperté hasta que llegó la gente de G..

-No quiero hablar más de eso -dijo-. Tenemos que mirar adelante... -y un minuto después, agregó:

-¿Te gustaría vivir en Cracovia?

-¿Cracovia? Nunca lo he pensado.

Habíamos dejado todo listo para salir sin demora a la mañana siguiente: mochila con lo puesto y la maleta de Beate. Y nos acostamos en la Strandkorb, tapados con todas las mantas que allí se encontraban. No llevaba más de tres horas durmiendo, cuando sentí un ruido como el de maderas al quebrarse. Me levanté de un salto y me sentí mareado. Beate no estaba a mi lado. Eso no me gustaba nada, y de pronto todas las dudas que había tenido respecto de ella al principio del día y en los días anteriores, volvieron a mí a borbotones.

Comprendí que, en el fondo de mi corazón, no le tenía confianza. ¿Alguna persona sensata, puesta en mi lugar, la hubiera tenido?

Sin hacer ruido, moviéndome con suma cautela, me puse el pantalón y tomé mi revólver. Y revisé hasta lo que la luna creciente, blanca como una ambulancia reflejando destellos de plata, permitía. Detrás de los yuyos, del matorral, en cambio, todo parecía a oscuras. Pero no era así. Había una linterna encendida, o eso me pareció.

-Beate- dije de súbito en un intenso estado de alerta.

Nadie contestó, ni hubo la menor señal de movimiento. Entonces un pensamiento cruzó mi mente. Y un instante después estaba saliendo precipitadamente para ver lo que había imaginado. A unos cien metros, Beate caminaba por la playa, en dirección al pueblo, llevando a sus espaldas la mochila.

De inmediato, eché a correr velozmente por la playa. Ella no me advirtió. Y cuando presintió algo, ya una de mis manos la tomaba de la cintura y la hacía trastabillar. Asustada, resistiéndose al asedio de mis brazos, se volvió a mirarme:

-¡Mierda, eres tú! -dijo, aliviada.

-¡Claro que soy yo! -gruñí-. ¿Qué te pensabas?

Ella se enderezó, observándome como si le hubiera hablado en otro idioma. Pero en seguida reaccionó:

-Leopoldo, no me digas que crees...

-¡Te pirabas otra vez! -la corté.

-No, por dios.

-¿Qué hacías, entonces?

-No podía dormir y preferí caminar un poco.

-¿Llevando la mochila?

-Llevaba la mochila porque... -Beate se detuvo a mirar sus pies descalzos en la arena-. ¡No me gusta dejarla, carajo! ¿Qué más te puedo decir?

Una fresca ventisca alborotó mis cabellos. Sin embargo, yo me sentía mucho más caliente que nunca, como si me hubiera detenido ante brasas ardientes.

-¿Pensás que te voy a creer eso? -pregunté.

-Puedes pensar lo que quieras.

-Eso precisamente estoy haciendo. ¡Pienso que todo lo nuestro es una gran mentira!

-¡No es así! -se desesperó-. Mañana cruzaremos a Polonia. Tengo un buen amigo que nos ayudará...

-Me crees un niño, Beate -dije meneando la cabeza-. Lo que me decís es tan falso como el viejo cuento de tu familia.

-¿Qué es lo que quieres?

-¡Que por una puta vez me digas la verdad!

Iba a contestar algo, pero, en un abrir y cerrar de ojos, el mundo se vino abajo. Un resplandor infernal, seguido de una seca y atronadora explosión, rompió el aire: la Strandkorb, de la cual había salido no hacía más que unos pocos minutos, quedó envuelta súbitamente en llamas. El mar se tiñó de violentos naranjas y blancos. Conmocionado, casi paralizado por el estupor, tomé a Beate de un brazo. Aquel contacto físico me llenaría de rencor.

-¿Qué fue eso?

-¡No lo sé! -dijo aterrada- No entiendo qué fue eso.

-¡Yo sí entiendo! -me enfurecí-. Te vas de mi lado y a los cinco minutos revienta todo. ¿Ahora lo entendés?

-¿Qué estás pensando? -retrocedió un paso procurando soltarse.

-¡Quisiste acabar conmigo! -grité- ¡Me ibas a matar!

Beate se puso lívida y pude observar cómo su rostro se desencajaba. Fui consciente entonces de que, durante minutos eternos, había sostenido el revólver en una mano. Luego, como en un sueño, vi esa mano, mi propia mano, elevándose en la noche, con mi dedo índice pulsando el gatillo y apuntando hacia el pecho de Beate.

-¡No lo hagas! -gimió-. Espera... déjame explicarte...

Disparé. Una, dos, tres veces. Beate cayó de espaldas, dando un patético salto de marioneta y con todos los miedos de su alma en la mirada. Luces y sombras, provenientes del incendio, la recortaron, inmóvil, en la arena. Su muerte fue instantánea. Sin embargo, aturdido por la irrealidad de la sangre y las detonaciones, dudé de ella una última vez. La miré, creyendo haber oído un sollozo, pero eran sólo los restos agónicos de una ola que llegaba a mojar sus cabellos y sus tres pelos de la barbilla. Y de pronto, al mirar hacia el pueblo, divisé miríadas de luces encendidas y las lejanas siluetas de alguna gente que se acercaba atraída por el estruendo y el fuego. No lo pensé dos veces. Agarré la mochila y huí.

CAPÍTULO 12
"Final"

Cerca de una hora después, justo cuando se desató una lluvia torrencial que me empapó las ropas en segundos, logré subir a un ómnibus local. La luna había desaparecido y en todas las ventanillas, la noche y la lluvia desdibujaban el camino. Pero a los veinte minutos escampó. El bus atravesó un vasto territorio salpicado de pueblos fantasmas, o al menos eso me pareció.

Entonces, me preocupé. Mucha gente me había visto. Y muchos también sabían que había estado preguntando por una chica que se ajustaba a la descripción de Beate. ¿Adónde ir? La frontera con Polonia estaba ahí nomás pero no era el sitio recomendable. Ahí, pensé, me estarían esperando. Unos tipos con aspecto de comerciantes habían subido al ómnibus en plena charla y les oí decir, "*sucht*" y "*argentinischer Rechtsanwalt*". Ese abogado argentino que estaban buscando debía ser yo. Nadie tenía que convencerme de eso.

De manera que comencé a devanarme los sesos buscando una salida segura. No podía ir a Polonia y, por otro lado, hubiera sido una locura regresar a Berlin. Decidí bajar un poco al sur y por fin me dirigí a un pueblo rodeado de montes y de lagos no muy lejos de donde me encontraba pero lo suficiente como para pasar desapercibido. No preví los sobresaltos que me aguardaban. Allá, en los siguientes días, me volvería tan famoso como un actor de cine.

Cuando recalé en Huergendorf mi retrato estaba en todas partes, en volantes impresos donde se ofrecía recompensa por mi captura y en las primeras planas de varios periódicos sensacionalistas. Me buscaban como el abogado que asesinó a su novia. Del dinero robado no se decía ni una palabra, ninguna cifra acompañaba ese mareo de palabras. La gente de Pocho había cambiado de idea y terminaron por recurrir a la prensa: me querían atrapar a como diera lugar. Tuve la impresión de que habían roto una promesa.

También me vi fotografiado en la portada de una revista, pero ahí no salía la foto de mi pasaporte, sino una instantánea con viejos compañeros de facultad, tapado de humo por algún asado y en otras más viejas, sacadas tal vez de mis tiempos juveniles en Argentina. Respecto a Beate solamente publicaban una mala fotografía: en pantalones cortos y tacones altos, sobre un ring, anunciando el cuarto round.

Lo demás no tendría mayor interés. Se dirían cosas insulsas sobre mí. Que era un tipo de mal carácter por ejemplo. Serían comentarios correctos, en efecto, pero no dirían nada esencial. Quizá porque nadie, si no es uno, puede decir algo que valga la pena sobre uno mismo. No lo sé. A mí, en todo caso, no se me ocurrió entonces nada que decir.

Pero esto, indudablemente, no le sucedía a Beate.
Aun cuando estuviera muerta, ella tenía todavía un par de cosas importantes que decirme sobre mí y nuestro amor.
Cosas que, en definitiva, me tocaron en lo más hondo. La primera cosa me la dijo a la semana de salir de Heningsdorf. Soñé que la tenía entre mis brazos, mientras nos dábamos un baño de mar, y que le hacía el amor dentro del agua. Su mensaje fue muy claro: me dejaba saber que mi deseo por ella le sobrevivía.

Afortunadamente no caí en una de mis penosas depresiones, pues tuve que salir rajando de Huergendorf camino a un bosque inmenso, luego de oír un nombre que antes había oído en el lugar donde me encadenaran. Se trataba de Oti Brücke, antiguo socio de Pocho Halls, políglota y de nacionalidad desconocida. Lo que le interesaría a Brücke era dar con el abogado asesino. Y yo a mi vez presumía que, si me agarraban otra vez, me colgarían de nuevo pero esta vez con la soga atada a los huevos.

En el bosque permanecí unas pocas horas y de ahí me interné en uno más profundo aún, siempre en busca de un lugar más seguro. Pero donde fuera, me perseguía la historia del asesor jurídico callejero en español. Gasté luego bastante dinero para mantenerme a buen recaudo, y aun así estuve a punto de caer en manos de la policía. Escabulléndome, a salto de mata, continué por caminos increíbles hasta que aconteció el accidente que agudizó mis problemas y que, a la postre, me enfrentaría a la segunda cosa importante que Beate quería decirme. En mi huida, tomé uno de esos botes para turistas que recorren lagos, ríos y lugares que pronto se olvidan. El bote chocó con una piedra en un rápido del río y naufragó, y pronto todo el pasaje fue arrastrado por la corriente a lo largo de un kilómetro. Algunos tropezaron con troncos en la borrasca y no volvieron a salir a la superficie; otros, sangrando y angustiados por salvar sus bultos, se olvidaron de sus amigos y parientes. Me enteré luego que se hundió el ochenta por ciento de la carga y se ahogaron ocho personas. Yo también fui una víctima. La mochila se abrió y por aquellas inclementes aguas incoloras se desperdigaron los fajos de billetes que, como por encanto, no se volvieron a ver más. Lo perdí todo, excepto la mochila, cuyas correas las tenía enredadas en mi mano, y dos billetes de cien euros que se quedaron pegados en el fondo de uno de los compartimentos. El revólver también desapareció. A partir de ese momento, mi desaliento y mi abrumadora soledad serían todo mi patrimonio.

Alguna gente pensará que, en este punto, mi relato debería detenerse un momento. Que el hecho de haber perdido una fortuna (perder dinero duele tanto como un dolor de muelas) merece algo más que un par de reflexiones al vuelo. ¡Boludeces! Aunque es posible que yo ahora piense así, porque quizá nunca me sentí verdaderamente dueño del contenido de aquella mochila, o bien porque las sangrantes heridas que me ocasionara el naufragio, heridas más impresionantes que graves -yo no lo sabía entonces-, hicieron que me concentrara más en la vida que se me podía ir que en el dinero que ya se me había ido.

Claro que, si no se quiere ser pesimista, el naufragio también me reportó beneficios. Abolí mi atormentado sueño de fuga cuando tuve la suerte de ser rescatado por un grupo de meditadores trascendentales. Mis salvadores no pasaban de una docena, cuatro ataviados con ropas occidentales y los demás con túnicas y collares también occidentales. Ellos me trasladaron a una especie de atalaya y, durante varios días, curaron mis heridas con hierbas y asquerosos mejunjes. La mitad del grupo hablaba fluidamente castellano, y de ese modo me enteré que también estaban huyendo. Pero ninguno de ellos, como era mi caso, había matado a nadie por venganza.

Después, cuando mis heridas hubieron curado, el que parecía el jefe del grupo estuvo un buen rato sonriente. E intempestivamente recogió un puñado de tierra, se lo llevó a la cara, lo olfateó y me lo arrojó a las piernas.

-Te tenemos que dejar -dijo.

Intuí que lo de la tierra era un modo de expresar su voluntad de protegerme contra los malos espíritus o algo parecido, pero yo no estaba dispuesto a aquella despedida.

-¿Por qué? -pregunté.

-¿No quieres ir a tu casa?

-Ya no tengo casa -respondí-. ¿No puedo ir con ustedes?

El tipo se ofuscó unos instantes, distraído por el revuelo multicolor de una bandada de aves, y luego me volvió a sonreír:

-¿Quieres venir con nosotros?

-Sí.

-Eres un regalo del río -dictaminó-. Y no te podemos rechazar... Nos vamos.

Entonces emprendí, en lo que me atañe, una ruta extenuante. Por dos semanas vadeamos caminos, ascendimos y descendimos por colinas que no parecían Alemania, sorteamos el acecho de bestias y alimañas, y con dificultad bordeamos un deslumbrante paraje por lo alto de una especie de catarata. Allí nuestro grupo se reunió con otro de similares características, unas doscientas personas, y unos días después nos establecimos en un llano a orillas de un lago. El que parecía el jefe, un maestro de escuela primaria, ordenó edificar unas dachas comunales y además una choza aparte, donde lo primero que hizo fue almacenar en un baúl, a salvo de las lluvias, dos cajas de libros y cuadernos.

Y acá estoy. Los fugitivos se burlaban de mí en un principio cuando me bañaba con ellos en el lago, o cuando los acompañaba a buscar vegetales y raíces para el almuerzo, o cuando me esforzaba en bailar sus danzas o aprender sus rituales. Pero al cabo de unos meses se han acostumbrado a mí. Sólo la mayoría de las mujeres y los niños en su totalidad me observan siempre como un bicho raro. No obstante, gracias a que enseño castellano, son amables. Y debo decir que me complace enseñar. Aunque, en realidad, soy yo el que aprende de ellos todos los días.

Creo, en fin, que este lugar ha terminado ahora por gustarme. Y no importa ya que haya sido justo acá donde Beate, después de mucho tiempo, volviera a hablarme de su amor. A causa de ello, el dolor y la nostalgia me entristecieron varios meses, pues su segundo mensaje, como el anterior, también sería muy claro. Un día que iba de caza, se rompió la mochila que utilizaba entre otras cosas para cargar mis presas, y en eso le descubrí un falso fondo. Y de ahí salió un sobre de plástico herméticamente cerrado. Lo abrí, sorprendido, y hallé dentro una vieja agenda mía que dí por perdida hace ya mucho tiempo. En el interior de la agenda hallé dos pasaportes, uno a nombre de Beate y el otro a nombre del gordito G.. Eran unos documentos todavía sin fotos, pero entre las hojas del que correspondía a G. había un papel con una dirección en Cracovia.

Ella creía que lo tenía todo pensado, y calculó mal. Aparte del acto deliberado de la explosión, su plan falló por el lado que parecía más improbable: por el hombre que la amaba, por aquel que muchas veces se despierta bruscamente sintiendo sus besos, por mí.

La otra noche, una de esas noches de abismal silencio en que de pronto todo el bosque se calla y yo me convierto, con mi sola respiración, en el único ruido, evoqué una de las tantas escenas con Beate en el departamento de Stuttgarter Platz. Habíamos hecho el amor y ella ya estaba por irse. Pero se detuvo unos momentos a leer en un diario las declaraciones de un político berlinés.

-Escucha esto -me dijo-: "Es absolutamente necesario que los inmigrantes comprendan inmediatamente nuestro idioma y nuestra cultura para sobrevivir" ¿No lo ves divertido?

-Vos sos la divertida -dije yo, por decir algo.

-¿Sí? ¿Por qué? ¿Por reconocer a la gente que simula indiferencia al hablar de inmigrantes, cuando en el fondo se vuelve loca por hacerles huir despavoridos?

-Ese parece tu problema.

-No lo es -dijo, dándome un beso rápido en la nariz-. Lo mío es más complicado. Yo estoy loca por los alemanes y por ti.

No he tenido más noticias de la civilización y no sé si Europa se fue al carajo o si el gordito G. ha sido el próximo en perecer degollado y gorgoteando en una sucia zanja de Berlin. Pero me resulta difícil olvidar todo aquello. Porque cada mañana, cuando salgo a bordear el lago, veo pasar dos o tres aviones que surcan la aurora en vuelos de ida y vuelta. Me imagino, aunque no creo que sea probable, que de ida van los abogados alemanes a buscar colegas españoles, y de vuelta vienen éstos a seguir con el negocio. Esos vuelos, para mis vecinos, son como las campanadas de un reloj en la torre de una iglesia: marcan el inicio de los quehaceres cotidianos. Es una manera como cualquier otra de orientarse en el tiempo y la acato sin problemas, aunque hay mañanas en que el sonido de los motores se oye demasiado cerca y yo siento infaliblemente dentro de mí una palpitación que me sobrecoge. En esos días extraño Berlin.

FIN

www.ingramcontent.com/pod-product-compliance
Lightning Source LLC
Chambersburg PA
CBHW052012240626
47153CB00008B/2845